日本人少年の見た新しい光

北朝鮮からの脱出

A JAPANESE BOY SEES A NEW LIGHT
Escaping from NORTH KOREA

清水《しみず》 修《シュウ》 著
石原《いしはら》淳子《きよこ》 訳

文芸社

はじめに

アメリカとの戦争に日本が負けて以来、八十年近くが過ぎました。そして今も世界中が新型コロナ禍の真っただ中にあり、私の営む英語塾は二年近くも閉鎖を余儀なくされました。この何もすることができない期間こそが、子供の頃からずっと書きたかった想い出を書くきっかけとなりました。九か月間もかかって北朝鮮から※南朝鮮に脱出したときの体験談を私に書かせる動機となったのです。

それでは、どのように書くか、が大きな問題でした。そこでまず当時九歳だった私自身の視点から一日本人少年・シュウ（修）に、敗戦直後に家族と共に、新しく誕生した北朝鮮を脱出してから南朝鮮の京城（現・ソウル）に辿り着くまでの体験談を、日記風に書かせることにしました。北朝鮮からの脱出までの出来事の真の姿をよく見ようとするこの少年の鋭い観察力こそが、この体験談の起源なのです。

日本人が北朝鮮から南朝鮮に脱出したときの避難民としての経験を綴った本は、日本語で多く出版されているけれど、「英語ではほとんど書かれていないのでは？」と考え、私は英語で書くことにしました。そうすれば、せめてブラジルに移民した英語に精通した私の従妹の子供たちに読んでもらえるし、またアメリカの知人たちにも読んでもらえます。もちろん、世界中の英語を理解する人たちにも読んでもらえるはずです。

私にはアメリカに多くの友人がいます。その理由は、四十年間もアメリカに住んでいたからです。その間、サンディエゴ、サンフランシスコ、ダラス、コロンバス、そしてラスベガスに移り住みました。私が日本に永住帰国したのは二十年前のことです。私は結婚していましたが、子供はいません。現在は一人で愛知県の名古屋市に住んでいます。

ちなみに、この本の挿絵に、「Toru」と「Shu」の二つの名前がサインされています。私の一番上の兄・徹が、北朝鮮から南朝鮮に脱出したときの経験談を、一九八〇年に日本語で出版していたので、その書から彼の描いた挿絵のいくつかを借りて本書に掲載したものが「Toru のサインのある絵です。また彼の息子が持っていた家族写真を借りて、使用させてもらいました。Shu とサインのある挿絵は、私自身が描いたものです。

※大韓民国（韓国）の樹立宣言は一九四八年八月十五日に行われたため、それ以前の脱出行を記録した本書では「南朝鮮」と表記する。

目次

自由と柔和の光を求めて

1　戦争と天皇陛下

「うっ！」と、お父さんはうめき、こぶしで畳をたたきつけて叫んだ。

「我々……が……敗れ……」

涙がお父さんの頬を伝わり落ちて、両手は震えていた。お母さんも、お父さんの肩に手を置いて、泣いていた。

「シュウ、日本は戦争に負けたんだよ」と、僕のすぐ上の兄・ヨッちゃん（次男）が僕にささやいた。

僕たちは、机の上のラジオから聞こえてくる声に耳を傾けていた。ラジオから聞こえてきたのは天皇陛下

1945年8月15日

の声だった。時は一九四五年八月十五日。天皇陛下の言葉は九歳の僕には難し過ぎて理解できなかった。キョトンとしていた僕に、ヨッちゃんは何が起きているのかを説明してくれたのだ。

僕たちは朝鮮半島の北に位置する吉州《きっしゅう》という町に住んでいて、ヨッちゃんと僕は夏休みで自宅で遊んでいたのだが、お父さんは短い休み時間を取り、天皇陛下の特別な「お言葉」を聞くために、勤めていた近くの朝鮮鉄道の機関区（車輌基地）から家に戻っていた。そして、僕たちは畳の上に正座した。「天皇陛下」という言葉を聞いたときは、直立不動か正座しなさい、と学校で教えられている。だから、もちろん、ヨッちゃんも僕も正座して天皇陛下の声を聞いていた。

日本がアメリカとの戦争を始めたのは、僕が吉州の北に位置する町・清津《チョンジン》にある国民学校（現在の小学校）に入学した年だった。戦争が始まると、多くのアメリカ兵と日本兵が戦死した。そして、それから多くの沖縄県民も亡くなった。天皇陛下はなぜそのときに戦争を終わらせなかったのか。戦争が始まってから、東京では数百万人の民間人が、そして日本全国いたるところで数千人の民間人が爆撃によって殺された。広島に投下された原子爆弾では、もっと多くの人が、そして次の原子爆弾では長崎でも、多くの人が犠牲になった。天皇陛下が戦争を終わらせるまでに、なぜこんなに遅くなったのだろうか。

しかし、ついに、天皇陛下の言葉が戦争を終わらせることになった。戦争を終わらせることができる唯一の人物が天皇陛下だった。日本人は最後まで戦うように洗脳されていた。「最後まで」とは、「日本国民の全員が死んでしまうまで」を意味していた。何と恐ろしい考えだったのだろう。

日本がアメリカに対して戦争を始める前に、総理大臣の東條英機は天皇陛下より許可をもらわなければならなかった。東條首相は皇居に赴き、戦争開始の許可を願い出た。天皇陛下は、陸軍大将でもあった東條英機に、「日本はアメリカを負かすことができるのか」と、尋ねたらしい。東條首相の答えは、「陛下、必ず勝ってみせます……」だった、とか。ということは、戦争を始めたのが天皇陛下なら、終わらせたのも天皇陛下ということになる。だから天皇陛下が戦争犯罪人の筆頭となるのでは？日本国民は天皇陛下の一族が過去二千六百年もの間、日本国を支配していると信じてきた。『紀元は二千六百年』という題の歌まである。そして日本人としての純血さが尊ばれてきた。だから「我々日本人は他のどの民族よりも優れている」と信じ込み、この戦争の前には、他民族の住む近くの国々を侵略してきたのだと思う。

2　僕の家族

まず、僕と僕の家族を紹介しておこう。

◇シュウ

僕は清水修《シュウ》、九歳。一九三六年二月九日に、当時の朝鮮の首都・京城（現・ソウル）に生まれた。朝鮮は、一九四五年八月十五日に、日本がアメリカに降伏するまでの三十六年間、日本によって統治されていた。僕はそのとき、朝鮮半島の北に位置する吉州国民学校に通っていた。

僕は五歳まで京城に住んでいたので、家の周りのことや、三歳から四歳の頃に、周りで何が起こったかを思い出すことができる。

家の近くには幅の広い川があった。夕食後、お父さんとお母さんは僕を連れて、その川沿いを散歩したものだ。僕はいつも二人の間を歩いて、よく持ち上げられた。僕はそれが好きだったが、お父さんの背中におんぶされるのがもっと好きだった。僕は時々、もうこれ以上歩けないという振りをした。するとお父さんは自分の背中に乗るようにと言ってくれた。僕は早く寝る癖がついていたので、お父さんの背中に乗ると、すぐ眠くなった。お父さんは僕に「眠らないように」と言った。「眠ったら川へ投げ込むよ」と、いつも言われたが、僕はお父さんが本気で言っていないことを知っていた。翌朝、布団の中で、いつも、何事もなく目覚めたからだ。

ある日、洪水で、雨水が家の玄関の戸の近くまで迫って来た。戸を開けると、可愛い緑色のカエルが階段の上にいたことも覚えている。

家の前には大きなラグビー場があり、その広場を横切ると美しい日本庭園があった。

それからすぐ上の兄であるヨッちゃんは、よく僕を幼稚園に連れて行ってくれて、『キンダーガーテン』や、その他子供の本をよく読んでくれた。

幼稚園の門のところに、門をふさぐように、いくつかの杭が埋められていて、不思議に思ったものだ。

◇ヨッちゃん

僕の二番目の兄・清水淳史《ヨシヒト》、十二歳。ヨッちゃんと僕は吉州国民学校に通っていた。戦争が終わったとき、ヨッちゃんは六年生で、僕が四年生だった。

ヨッちゃんは、いわゆる「本の虫」で、朝鮮式床暖房のオンドルに寝そべってよく本を読んでくれた。彼は優しくて親切な兄なのだ。

夕方の散歩

そんなヨッちゃんのことをよく知ってはいたけれど、喧嘩もよくした。僕は自分の気性を抑えきれなくなり、周りにある物、座布団、鉛筆、本、茶碗とかハサミでさえも、ヨッちゃんに投げつけたものだ。僕は短気で、甘えん坊の駄々っ子だった。僕が喧嘩を始め、お父さんに見つかると、竹の棒で僕たちはお尻を一回ずつ叩かれた。そうするとヨッちゃんに悪い気がして、僕は泣いたものだ。

◇兄ちゃん

僕の一番上の兄・清水徹《トオル》、誕生日前の十四歳。ヨッちゃんと僕は、兄・徹のことを「兄ちゃん」と呼ぶ。

兄ちゃんは清津の郊外にある羅南中学の三年生だ。兄ちゃんは寮生で、特別な夏期軍事訓練を受けていたため、天皇陛下がラジオで降伏を宣言したとき、家にはいなかった。

兄ちゃんは特待生で、将来は東京帝国大学に進学するつもりだ。

物静かな性格で、ヨッちゃんよりもずっと背が高く、とっつきにくく、僕は兄ちゃんとあまりしゃべらない。

兄ちゃんは時々両親に反抗して、家から飛び出した。するとお母さんは、兄ちゃんを探しに出かけて、不思議なことに、いつも兄ちゃんを見つけて家に連れ戻した。そして、お父さんの竹の棒というお仕置きが待っていた。ヨッちゃんと僕は、兄ちゃんがやらかしたこととは無関係でも、兄ちゃんが可哀想で、二人で泣いたものだ。

◇お母さん

お母さんは清水鈴子《すずこ》、三十二歳。

十八歳のとき、長男・徹を産んだ。

お母さんは裕福な家庭で育ち、高等女学校も卒業していた。当時の日本では、高等教育を受ける女性は少なかったと聞いている。お母さんはお父さんよりも高い教育を受けていたのだ。

お母さんの筆跡は美しい。また、保護者会で集まったお母さんたちの中で、僕のお母さんは、一番上品で、きれいだった。

お父さんは僕に愛情を示すことがないのに、お母さんは僕を怒鳴りつけることもせず、ただただ母親として僕を愛してくれていたと思う。

お母さんの趣味の一つは裁縫だ。僕たちの布団や寝間着はお母さんの手づくりで、すべてが上出来だった。僕はお母さんがつくっている最中に布団の上を転がるのが大好きだった。なぜ転がったりしたのかだって？それは、お母さんの邪魔をするのが楽しかったから。半分しか仕上がっていない布団の上から僕が降りるのを、お母さんは我慢強く待ってくれた。これはお母さんとの遊びの一つだったが、着物を縫っていたときは、この遊びは、やらせてくれなかった。

「お母さん、これは着物？」

「そうよ。シュウ、着物から離れて！　着物はとても

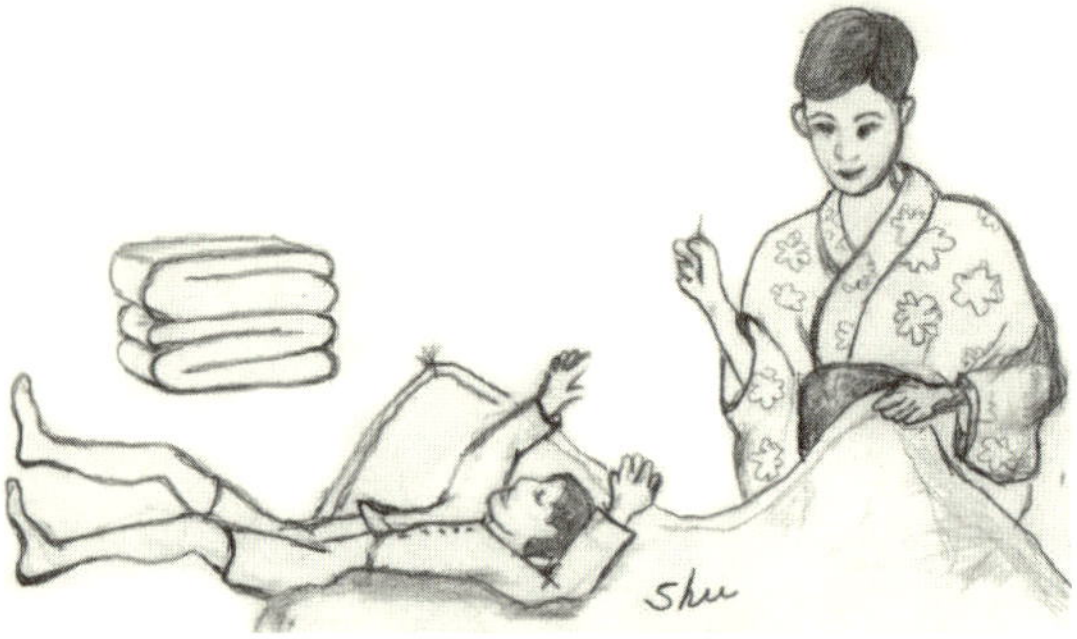

甘えん坊

複雑なの。私の友達のために縫っているのだから、邪魔しないでね！」

その頃、僕は三、四歳だったと思う。

お母さんのもう一つの趣味は、素敵な陶器を集めることだった。朝鮮鉄道が所有する集合住宅に住む鉄道員の家族や、その他の友人たちのために、お父さんがよく家で食事会を開いたので、お母さんは高価なお皿を買い集めていた。お母さんは、買い集めたお皿の前に数分間座って、その美しさに見とれていることがたびたびあった。またお茶、生け花もお母さんの趣味だった。

◇お父さん

お父さんは清水武《タケシ》、四十二歳。静岡県の農家の六人きょうだいの末っ子として生まれた。お父さんがまだ二歳のときに事故で父親を亡くしたため、大変な子供時代を過ごしたと聞いている。

お父さんは小学校を卒業すると同時に、鉄道省の機関助手として働き始めた、と言うと聞こえは良いが、言い換えると、蒸気機関車専用のかま焚き作業員として働き始めたのだ。

そして二十歳で機関士に昇格した。一生懸命働いて、二十五歳のとき、機関車の工学技術の試験に合格した。そして朝鮮鉄道に転勤となった。この会社は、日本の統治下にあった朝鮮半島の鉄道を合併して設立した会社だ。

最初にお父さんは、朝鮮の首都・京城の機関区に配属された。そこで落ち着いた頃、静岡県の故郷に戻って、お母さんと結婚。京城で新婚生活を始めた。僕たち三兄弟は全員が京城生まれで、まだ日本の両親の故郷を訪れたことは一度もない。


僕が五歳のとき、国民学校に入学する一年前のこと、お父さんは清津の町にある機関区に栄転となった。お母さんは日本海の近くにあるこの寒い港町に移り住みたくなかったけれど、お父さんが高学歴ではなかったにもかかわらず、鉄道の世界で昇進していくのを見て、この転勤に同意した。とても幸せそうだった。

やがて、お父さんは朝鮮北部地区での脱線処理担当の第一人者となり、脱線事故が起きると、休日でも夜中でも、事故現場に駆けつけなければならなかった。電話で呼び出されると、お父さんは、数日間、家に戻って来なかった。
清津に四年間住んだ後、お父さんは次の昇進により、また転勤しなければならなくなった。清津の南百キロのところにある吉州機関区の副区長に昇進したのだ。春休み中に引っ越し、四月からヨッちゃんと僕は、吉州の国民学校に転校した。その四か月後、正確には一九四五年八月十五日に、日本は戦争に負けたのだ。

お父さんは自分自身に対しても三人の息子に対しても、大変厳しい人間だった。自己流のスパルタ方式で僕たちを育てたかったようだ。お父さんを怒らすような出来事があると、決して手は使わなかったけれど、細い竹の棒を使って僕たちをお仕置きした。竹の棒はいつもお父さ

仕事場のお父さん

んの机の上に置いてあった。僕はその竹の棒が大嫌いで、一度この竹の棒を押し入れに隠したことがあったが、それが見つかったときのお父さんの剣幕は普通ではなく、僕は三度もお尻を叩かれた。

お父さんはお母さんに対しては怒鳴ることもなく、とても優しかった。お父さんは友達にも、鉄道員にも、見知らぬ人にも、非常に優しく親切だったけれど、自分の息子たちには非常に厳しかったのだ。

どこで習ったのか知らないけれど、お父さんは週末に自宅で、若い人たちに尺八を教えていた。一度、地方のラジオ局のスタジオに招かれて、尺八を演奏したことがある。お父さんの演奏は、とても上手だと僕は思った。お父さんが尺八を吹くたびに、愛犬のポインターが伴奏するかのようにいつも吠えた。

僕の最初の夏（1936年）

お父さんは非番のときでも、必ず何かをしている人だった。家族と一緒に魚釣りに出かけたり、投網《とあみ》を打ったり、また愛犬パシーを連れて狩りに出かけたりしていた。お父さんは、この犬にパッションという名前を付けたかったけれど、英語での表現は避ける傾向にあった時代だったため、英単語をもじってパシーと名付けたと聞いている。

お父さんはよくお母さんと買い物に出かけた。また「お母さんの夜」と名付けて、月に一度、僕たち家族を夕食に連れ出してくれた。毎日台所で働くお母さんに、感謝の気持ちを表すためだった。

また、お父さんはお酒が好きで、たびたび家で宴会を開いた。お酒に酔うとまったく別人のようになって非常に幸せそうだった。そして僕たちに

左から　お父さん39歳　徹12歳　ヨッちゃん9歳
シュウ6歳　お母さん30歳

信じられないほどのご機嫌な態度を示してくれた。

◇僕の名前

お母さんの二回目の出産は双子だった。ヨッちゃんとアッちゃん。アッちゃんは、僕が生まれる前に亡くなっていた。お父さんは女の子が欲しかったので、次に生まれてくる子の名前を修子《しゅうこ》と決めていたそうだ。「子」は日本では女の子を意味する。しかし次の赤ちゃんも男の子、つまり僕だった。お父さんはがっかりして、最後の「子」を消して、修子の代わりに僕に「修」と名付けたのだという。

僕の名前を漢字で書くと、日本では通常「オサム」と読む。だから見知らぬ人は僕の名前を読むと、必ずオサムと読む。このオサ

お父さんの夢

ムの漢字は、中国ではシウ、日本ではシュウと発音する。あるときお父さんに、「漢字の修は中国では女の子のために使われる」と教わった。本当に、お父さんは僕が女の子として生まれるのを心から望んでいたのだ。残念だったね、お父さん！

でも僕は、オサムよりシュウの方が断然好きだ。シュウは、より短くて変わっているから。でも、お父さんは、本当は、面倒なので、「子」を落としただけで、僕をシュウと名付けたらしい。ずいぶん皮肉な話じゃないか？

3　別れ

「戦争は昨日終わった！　もう、戦争はない！　死ななくてもいいんだ！　万歳！」と、僕は家の中を飛び跳ねていた。

お母さんとヨッちゃんは何か静かに話をしていた。きっと将来のことを話していたのだと思う。

　そのとき、飛行機の爆音が聞こえた。そして爆音が大きくなった。

「見てみよう！」と、ヨッちゃんが言った。二人で窓をあけて、敷居の上に立って、飛行機の方へ手を振った。

「戦争は終わった。やった！」と、僕は叫んだ。

　飛行機が近づいて来た。

　操縦士が見えた。

「おい、僕たちを……」

　ダッ、ダッ、ダッ！

　数個の銃弾が、僕の家を直撃した。

「狙い撃ちしてる！」と、ヨッちゃんは僕を床に押し倒し、敷居から飛び降りながら叫んだ。

「お母さん、ソ連の飛行機だよ。戦争はまだ終わっていない。防空壕に入ろう！」

　すぐに、僕たちは表の庭にある防空壕の中に飛び込んだ。

ソ連の飛行機は戻って来なかった。何があったのだろう？

しばらくして、防空壕の外に出た。

家の前の道路を大きな荷物を抱えた人たちが、ぞろぞろと歩いて行く。どう見ても、日本人にしか見えない。

「あれっ？　どうして？」

「吉州駅の方角に向かっているようだが？」

そのとき、手ぶらで下を向いたまま、青白い顔をして、のそのそと歩いている一人の若い男の人が僕の目にとまった。

「九州出身の大河内清一先生だ！」

僕は道路に飛び出して、先生に追いついた。

「大河内清一先生、僕、清水……。一年生のとき、清津で、先生が担任で……」と話しかけたが、先生の反応はまったくなかった。三年前の大河内先生が、今、わが家の前を通り過ぎて行く。しかし、先生の足取りはふらついていて、かなりゆっくりだ。ゆっくり歩いているから会話は可能なのに、僕を無視したまま、先生は行ってしまった。

一年生の体操の時間に、敵国アメリカの国技と言われる野球について、この先生が教えてくれたのだ。禁止されているはずの英語の野球用語と日本語に訳された野球用語を交ぜ合わせて説明してくれた。九人が組んで、相手の九人の組と戦う楽しい試合を野球と呼ぶ、とも教えてくれた。使用禁止中の英語の野球用語を使うほど勇気があって、自分のことを「野球小僧」と呼んでいたほど野球好きな先生として、今でも忘れられずにいたのに、振り向いてさえくれなかったのは、とても悲しいことだ。

「戦争に負けたことで、大河内先生の身体から、元気だった魂が抜け出してしまったの？」


夕方、お父さんが戻って来た。

「徹は明日の午後遅く、吉州に戻って来る。しかし、その前の午後二時三十分頃には、三人はこの家を捨てて、出て行かなければならない。日本が戦争に負けたことを信じないこの町の日本兵が、ソ連の飛行機を撃った。ソ連はこの町に爆撃機を飛ばして来るだろう。その上、日本人はもう朝鮮に住むことができない。徹が吉州に戻って来る前に、みんなを三時の列車に乗せることにする。そして朝鮮の最南端の釜山港から日本行の船に乗る」

「何で僕たちは、すべてを捨てて出て行かなければならないの？　なぜ日本に行かなければならないの？」と、僕はお母さんに聞いた。お母さんは言った。

「時間が来たら分かるわ」

これはお母さんの手っ取り早い返事だ。何か説明するのが難しいとき、お母さんはいつもこういう言い方をした。

その晩、お父さんは自分の荷物をまとめて、お母さんは兄ちゃんの荷物を大きな袋などに詰め、自分の荷物とヨッちゃんの荷物と僕の荷物をまとめていた。

お父さんは、自分の荷物と兄ちゃんの荷物を持って、明日の朝出勤し、そこで兄ちゃんが来るのを待って、兄ちゃんと合流することになる。

一方、この家を捨てて出てから、午後三時発の釜山行の列車に間に合うように、僕たちは二時半までに吉州駅へ行かなくてはならない。

明日ここを出て行くのなら、その前に、友達と担任の先生にお別れの挨拶をしたい、と僕は思った。この二人は大きな日本の製紙工場の敷地内に住んでいた。四月にこの友達を訪ねたときは、住宅地の道路の両側に美しい杏子の花が咲いていて、甘い香りが漂っていた。このようなぜいたくな環境に住める人たちをうらやましく思ったものだ。

僕の親友・柳井太郎君は朝鮮人だけれど、ヨッちゃんと僕が通う同じ日本人学校に通っていた。日本人学校で朝鮮人の生徒を見るのはまれだったが、太郎君が僕たちの学校に通うことができるのは、太郎君のお父さんが、この製紙工場で働く日本人従業員とその家族のために、この工場で雇われた理容師だからだ。僕は太郎君の本当の朝鮮語の名前は知らないけれど、それは大した問題ではない。

もう一人の僕の会いたかった人は、若くて美しい担任の三屋先生で、太郎君と一緒に会うことができれば一石二鳥のはずだった。しかしタイミングが悪かった。太郎君と僕が先生の家を訪問する前に、先生のお父さんが数人の朝鮮人によって拉致されるという事件が起きていた。そのため、先生は恐怖で震え、話すこともできず、泣き続けていた。三屋先生のお父さんは、この製紙会社の工場長だったのだ。三屋家のお手伝いさんが、実際に起きた恐ろしい話を聞かせてくれた。僕たちは先生にお別れも告げずに、その場を立ち去るしかなかった。

別れる前に太郎君は言った。

「僕たち家族は朝鮮人だけど、製紙会社が所有する僕たちの住宅から多分出て行かねばならないと思う。なぜなら、僕たちは日本人社会に長く住んでいたので、周りの朝鮮人は僕たちをうらやましく思っていて、これからは、僕たちに対して日本人と同じように接すると思う。僕たちには頼れる朝鮮人の友達もいないし……」

僕は太郎君の幸運を祈り、すぐに家に戻った。

「兄ちゃんは機関区にいて、お父さんと一緒に行動するの？」と、僕はお母さんに尋ねた。

「そう。兄ちゃんはお父さんと一緒にいることになるわね。お父さんはこの町にいる日本人全員を、釜山行の列車に乗せて、最後の列車に自分が乗ることにしているようよ」

「お父さんは、旅客船の船長だとでも思っているの？」

「そうなのよ。お父さんは責任感が強い人よ」

「どうやって僕たちが釜山に着いたことが分かるのかなあ？」

「心配しないで。私たちがどこにいるのか、みんなが分かっているのだから。お父さんには多くの朝鮮人の友達がいて、その人たちが、私たちの情報をお父さんに知らせてくれる。別の言い方をすれば、私たちがどこにいるのかをお父さんに知らせてくれるの。素晴らしいと思わない？」

お母さんとヨッちゃんと僕が家を出る準備ができたとき、一人の女性が玄関にやって来た。

「私、遅れました？」

「時間通りですよ。弥寿子さん」と、お母さんは答えた。

「ご迷惑、おかけしてすみません」

「とんでもない。私の主人があなたの力になるように、と言っておりましたよ」

弥寿子おばさんのご主人・伊東のおじさんは、機関区でお父さんの下で働いている。彼も静岡県の出身で、お父さんは特別に彼の面倒を見て来た。弥寿子おばさんは美しい三十代の女性で、彼女を「おばさん」と、僕は呼んでいる。


僕たちが家を出ようとしたとき、お母さんがささやいた。

「見て！　もう朝鮮人が家の中を覗き始めたわ。早い者勝ちなのね！　私たちはすべての物を置いて行く。私たちが残していく物を全部もらえる朝鮮人は、何て幸運なのでしょう！」

「朝鮮人はすべての物をもらって当たり前だと思ってるよ。なぜなら、日本人が勝手に入って来て、すべての物を朝鮮人から奪い取ったと思っているんだから……」と、ヨッちゃんが言った。

それは、僕の知らなかったことだった。

「ここに誰が住むことになっても、新しい住人には親切にしておきましょう。私たちが残していく物を大事にしてくれることを祈ります。台所のテーブルの上に鍵を置いて行きます」と、お母さんがつぶやいた。そのとき、お母さんの目からこぼれ落ちそうになっている涙を、僕は見ていた。と同時に、僕は別のことを考えていた。《風の向きによって匂ってくる製紙工場からのパルプの匂いを懐かしく思い出すことだろうな》と。

お父さんの指示通り、お母さん、ヨッちゃん、弥寿子おばさんと僕たち四人は吉州の駅に二時半に到着し

我が家をあとにして

た。しかし、お父さんと伊東のおじさんは忙しくて、僕たちを見送ることはできなかった。

列車は午後三時に、釜山に向けて出発した。

僕たちは、いつ、お父さん、兄ちゃん、伊東のおじさんに会えるのだろうか。

4　城津の町

吉州の駅を出発して南へ走り続けていた僕たちを乗せた列車は、城津《じょうしん》の駅に着いたものの、それより先には進めなくなった。一体何が起こったのだろう？

噂によると、ソ連とアメリカが朝鮮半島を二つに分けたという。ソ連が三十八度線から北を支配して、南の半分をアメリカが支配するとのことだ。たまたま、この三十八度線より北に配属されていた列車は

北朝鮮の所属となり、南に向け三十八度線を越えることができなくなった。この時点で、北朝鮮に滞在していたすべての日本人は避難民となったのだ。弥寿子おばさんは、ため息をついて言った。
「私たちは、結局みんな、避難民になってしまったんだわ！」

その後、南朝鮮にいた日本人は釜山経由で日本に帰国しているという情報が入った。南側にいた日本人は、以前は敵だったアメリカ軍によって保護されているのに対し、北に残された日本人は違った扱いを受けているのだ。日本が戦争に負ける数日前まで、ソ連は日本の敵ではなかったのに、北朝鮮に残された日本人はどうしてソ連によって保護されないのかが不思議だ。どうして、この二つの国の政策はこんなに違うのか。それは、一方が共産主義国家で他方が民主主義国家だからなのか。僕はこの日まで「避難民」という言葉を知らなかった。この列車の中にはおよそ五十人の日本人が乗っているが、全員が避難民となったのだ。

列車の中で二日が過ぎると、数人の朝鮮人が僕たちの列車の周りを取り巻き、騒ぎたてた。

日本人の豚どもよ、日本に帰れ！
朝鮮に日本人は要らない！
朝鮮は独立国家である！
朝鮮にお前たちを招待していないぞ！
日本人が朝鮮を侵略したのだ！

この列車の中に川辺さんという五十代の男性がいた。川辺さんは吉州駅の副駅長で、僕のお父さんから、この列車に乗っている日本人の乗客に釜山まで付き添って行くように頼まれていた。川辺さんは僕たちが誰であるかを知っていたし、お父さんが吉州の機関区に残っていることも知っていた。

1945年8月の終わり

川辺さんは街に出かけて行って、良い知らせを持ち帰った。

「この列車から抜け出して、古い日本の旅館に移動します。まずは、そこで生活して、この先どうなるか様子を見ることにします」

丘の上にあるこれからの新しい生活の場所に、およそ五十人の避難民が歩いてたどり着くまでに三十分ほどかかった。川辺さんがどうやって僕たちのために、無料で宿泊できる場所を見つけたのかは分からない。この宿は五十人ものために十分な部屋がなかったので、三家族九人が一番大きな部屋

1945年8月末

に入ることになった。僕たち五人家族は、この一番大きな部屋を弥寿子おばさんと遅れて到着する予定のご主人の伊東のおじさん、それに川辺さんと彼の奥さんと一緒に使用することになった。

この新居は混雑しているが、僕たちは、少なくとも屋根の付いた部屋に滞在できることになったのだ。その上、共同で使用できる大きな台所があり、各部屋には便所とお風呂がついていた。

唯一欠けていたのは電力だった。太陽が沈むと月の明かりか、ろうそくの火に頼らなければならなかったが、僕たちは、川辺さんの努力のお陰で、本当に運のいい避難民生活ができそうだ。

そして川辺さんは、一言付け加えた。

「数日のうちに、お父さんと徹さんと伊東さんと、ここで合流できるでしょう」

5　帝国主義と共産主義

日本の旅館だった建物に移る前に、僕たちは列車の中で三日間を過ごした。何もすることがなかったので、突然の生活環境の変化について僕は考えた。最初に、天皇陛下と帝国主義について考えることにした。最初の天皇である神武天皇は二千六百年前に国内の異なった地域を征服して日本を統一した人物だ。神武天皇の祖先は全部神様であったと信じられており、それゆえ天皇陛下は、一二四番目の神様天皇なのだ。だからこそ僕たちが天皇陛下の言葉を聞くときは尊敬の念を示すために、直立不動になるか、または正座しなければならない。

学校では、毎日の朝礼で、校長先生が講堂の壇上に特別につくられた祭壇の小さな扉を開けて、天皇陛下の大きな写真の前に置かれた一枚の紙を取り出し、これを全生徒の前で読むのだが、天皇陛下の写真にお尻を向けてはいけない。その紙に印刷されてあるのは、教育に関する天皇陛下からの言葉で、これは教育勅語と呼ばれているのだが、校長先生はこれを全校生徒にお尻を向けたまま読まなければならない。その場にいた者全員が、校長先生がその教育勅語を読み終わって、その勅語を祭壇の中に戻して扉を閉めるまでは、直立不動のままでいなければならなかった。
正直に言って、天皇陛下の言葉は難しくて理解できなかったので、僕はいつも別のことを考えていた。

天皇陛下はおならをするの？
天皇陛下は便所に行くの？
天皇陛下は自分を神様だと思っているの？
天皇陛下のために、僕たちはなぜ、戦争で、死ななければならなかったの？
天皇陛下のために、僕たちはなぜ、空襲で、殺されなければならなかったの？

秀才しかなれなかった神風特攻隊員として、太平洋で何人もの優秀な卒業生が死んでいった。先輩たちはアメリカの軍艦を目がけて自分たちの小さな戦闘機を操縦して突っ込んで行った。そう、彼らは自爆戦闘員だったのだ。講堂には垂れ幕が下がっていて、それには「誰々上級生・神風特攻隊員に続け！」と書かれていた。そのような垂れ幕は日が経つにつれて増えていった。これは多くの優等生たちが特攻隊員として次々に戦死したことを意味する。彼らは天皇陛下のために、いわゆる軍神になるために、喜んで死んでいったのだろうか。もしも僕が十八歳か十九歳だったら、特攻隊員として死ぬ運命となっていたのだろうか。

日本が戦争に負けたので、朝鮮に住んでいた日本人は朝鮮に住む権利を失った。朝鮮で学校に通うことさえ許されない。僕たちは住んでいた家を捨てて、日本に向けて移動している最中のはずなのだが、北朝鮮から出ることもできない。僕たちは北朝鮮で死ぬように運命づけられているような気がする。この変化は自然現象ではなく、人間によって起こされたのだ。誰かが責任を問われるべきだ。以前と同じものは何もない。八月十五日の天皇陛下の特別な「お言葉」の前の世界と、その後の世界とでは、まったく同じ世界ではなくなったのだ。その点に気付くと、疑問点がもっと増えて来る。

日本の国歌である「君が代（天皇陛下の時代）」はなくなるの？

天皇陛下は戦犯になってしまうの？

ロシア帝国がロシア共産主義者によって滅びたように、大日本帝国もアメリカの民主主義者によって滅ぼされるの？


列車の中で、僕は共産主義についても考えていた。共産主義は次の点で帝国主義に似ているのではないか。


一人の人間が数十年もの長い間、一つの国を支配する。

言論の自由もなければ、人間の権利も否定される。

近くに弱い国があれば、共産主義や帝国主義の軍隊が征服する。

共産主義国家のソ連は、日本がアメリカとの戦争に負ける寸前に、日本との友好条約を破棄して、日本の北方領土に攻め入った。ソ連の戦車は、それより前に、日本が支配する朝鮮を侵略するために、朝鮮半島に入り、南下していたとの噂がある。

三十八度線より南に住んでいた日本人は日本に戻るために、釜山に移動し始めたと聞く。南に住んでいた日本人は、民主的な国家・アメリカによって、保護されているのだ。共産主義国家・ソ連はなぜ北朝鮮に住んでいる日本人を保護してくれないのか？　ソ連とアメリカの間で三十八度線が設定されて以来、ソ連政府は確かに北朝鮮を支配している。どうしてソ連は日本人を保護してくれないのか？　なぜソ連は日本人が乗った列車を、新しい国境から南へ移動させてくれないのか？

ソ連という国は非人道的だと僕は思う。それが共産主義なのだ。僕は共産主義も帝国主義と同じように嫌いだ。

6　爆撃

共同で使用している宿で、僕たち三家族が寝ようとしていたときだった。誰かが突然扉を開けて、「今、着いたよ！」と、大声で叫んだ。兄ちゃんだった。次にお父さんが入って来た。そして伊東のおじさんが続くと、僕は思った。弥寿子おばさんは、自分の夫を探したけれど、見つけることはできなかった。おばさんは困惑したように見えた。それを見てお父さんが弥寿子おばさんに歩み寄って、気の毒そうに言った。

「弥寿子さん、悪い知らせです。あなたのご主人はソ連の飛行機に爆撃されて亡くなりました」

弥寿子おばさんは、ただじっとそこに立っていた。お父さんは続けた。

「あなた方が吉州を出発した後、数機のソ連の爆撃機が町の上空にやって来て、軍の基地や工場や機関区などの重要な箇所に爆弾を落としたのです。爆弾はあなたのご主人をほぼ直撃して、彼はその場で亡くなりました」

弥寿子おばさんはその場で床に崩れて、それから二日間、立ち上がることができなかった。

お父さんと鉄道員たちによって、機関区内の花壇が深く掘られて、伊東のおじさんの亡きがらは埋葬されたということだ。

「簡単なお別れの儀式に参加したとき……」と、兄ちゃんは言って、さらに付け加えた。

「花を供えたかったけど、周りにはきれいな花が沢山咲いていたので、それはしなかった」


それから兄ちゃんは、吉州で何をしたかを話してくれた。

「僕たちの家が、その後どうなったのか気になって、一人で見に行って……、玄関の扉を叩いて、新しい住民の朝鮮人と話したよ」と。

「僕は前にここに住んでいた者ですが、写真を取りに来ました。中に入って写真を探してもいいですか？」

「どうぞ、お入りください」

「ありがとう。ところで、昨晩の爆弾は怖くなかったですか？」

「ええ、怖かったです。爆弾は裏庭の井戸の近くに落ちました」

「本当ですか？　それは怖かったでしょう」

「私たちは防空壕の中に隠れていました。あなた方の防空壕に感謝します。私たちはあなたの家族がここに残してくれたすべての物に感謝しています」

「そう言ってくださり、ありがとうございます。井戸の水は飲めますか」

「飲めますよ。井戸の屋根が吹っ飛びました。井戸は大丈夫でした」

「それはよかった。あなたがここで幸せな生活を送ることを願っています」

「日本へ向かって出発するのですか」

「はい、無事に着けると良いのですが……」

「あなたの安全を祈ります。ここにあなたの家族に贈り物があります。これは餅米とキビでつくった朝鮮のお餅です」

「どうもありがとうございます！」

家族の写真と新しい住民からもらった朝鮮のお餅を持って戻って来たが、兄ちゃんは、この家の新しい住民が道理をわきまえた朝鮮人で良かったと感じたようだ。

7　ソ連兵

ソ連軍が僕たちの近くにやって来るという噂が本当になった。ある日、ソ連兵が本当にこの僕たちの部屋に現れたのだ。障子が突然開いてソ連兵が踏み込んで来た。

「ダメ！」

ソ連兵の長靴を指さしながらお父さんが叫んだ。兵士は何か分からない言葉を発して「ダヴァイ！」と叫び、次の瞬間、拳銃を天井に向けて発砲した。天井から白い粉がまるで粉雪のように落ちて来た。バーンという音が僕の左耳の中で破裂したように感じた。その後はジーンという音以外に何も聞こえなかった。

ソ連兵は拳銃をお父さんの額に突き付けて、腕時計を奪った。次に、兄ちゃんのお気に入りの万年筆を取り上げた。次に川辺さんに向かっても「ダヴァイ！」を、繰り返した。

ダヴァイの意味は、ロシア語で「さあ！」とか「頼む！」または「よこせ！」の意味に違いない。川辺さんは、頭と両手を同時に振ったにもかかわらず、兵士はそれを無視して、川辺さんの腕から時計をもぎ取った。また床の上の目覚まし時計も奪って部屋を出て行った。他のソ連兵たちも別の部屋でダヴァイ行為を行っていた。

お母さんが、弥寿子おばさんに言った。

「本当に怖かった。私は、あなたが連れて行かれるのではと心配してたのよ。あなたがと

初めて見るソ連兵

ても可愛いから。彼はあなたのことをチラチラ見てたのよ」
「もしもそんなことになったら、僕、彼の腕にかみついていたよ」と、僕は叫んだ。
弥寿子おばさんは僕を見て、ほほえんでくれた。

大勢のソ連の兵士が自分の腕に数個の腕時計をはめて外を歩き回っている。時計と万年筆は彼らにとって贅沢品に違いない。前線にいる兵士は貧しいロクデナシなのか。北朝鮮に送られて来たソ連兵は前科者と聞いている。だから全員が短く刈り込んだ髪型をしているのか。
兵士たちは大広間にあった大きな置時計も奪って行ったので、僕たちは、それから正確な時間を知ることができなくなってしまった。腕時計もなければ、置時計も、目覚まし時計も全部取られてしまった。日の出と日の入りに頼らざるを得ない。僕たちは、侍か忍者の世界に引き戻されてしまったようだった。

ここにいた日本人全員から貴重品を取り上げた奴らが、僕たちに挨拶をしにやって来るようになった。ある者はお菓子を持って来る。またある者は子供たちと遊びたがる。またある者は簡単な日本語を学んでいる間に、簡単なロシア語を僕たちに教えてくれる。ソ連兵たちは親しみやすくさえ見える。

しかし僕たちのところではなく、他の場所で起こった怖い〔ダヴァイ〕の話を聞いた。僕は女性の兵士を見たことがない。すべてが男性兵士だ。彼らは「マダム、ダヴァイ」と言いながら歩き回り、年頃の女性たちを探しているらしい。日本の少女が暴行された後、死んでいたり、日本女性が数人のソ連兵に公衆便所から連れ出された後、暴行されたなどと聞く。

ある午後遅く、こんな出来事が起こった。僕たち家族は裏庭に出ていた。弥寿子おばさんも一緒だった。突然、ソ連兵が弥寿子おばさんの腕を掴んで連れ去ろうとした。そのとき、お父さんが二人の間に割りこんで、「私の奥さん！」と叫んだ。「自分の大切な女性」という意味で、お父さんは左の人差し指で自分の鼻を指さしながら、右手で弥寿子おばさんの腕を掴んだ。そのソ連兵は彼女を手放し、不満そうに何かを言い残して立ち去った。本当に危なかった！

お母さんは、弥寿子おばさんに笑いながら言った。

「私の主人、勇敢だったと思わない？」

弥寿子おばさんは震えが止まらなかった。そして、何度も何度もお父さんに深くお辞儀をした。


このあたりにやって来るソ連兵は、全員が男性で若い。彼らの中に背が高くて格好のいい兵士がいて、彼は見慣れた顔の一人だった。ある日、彼は僕たち家族のためにロシアの黒パンを持って来てくれた。僕はこの黒パンの酸味が好きだ。それは今までに味わったことがない味だ。彼がまた同じ種類の黒パンを持って来てくれたとき、お母さんは森茂さん、岩田さん、畑さんらの吉州から来た若い男性三人をお茶に招待した。彼らは機関区で、お父さんの下で働いていた鉄道員だ。

僕たちはこの背の高いソ連兵を「ノッポさん」と呼んでいた。彼はいつもニコニコしている好感の持てる青年だ。ノッポさんは僕たちに簡単なロシア語を教えてくれた。「1、2、左、右」をロシア語で何というかを僕たちに教えてくれて、ノッポさんも日本語での言い方を習った。「イチ、ニィ、ヒダリ、ミギ」と、彼は習いたての日本語を繰り返し、足を踏み鳴らした。それから彼はどこかにもっと食べ物があるような身振りをして、彼について来るように僕たちに合図した。「イチ、ニィ、ヒダリ、ミギ」と、僕たちは繰り返して、庭の中で足を踏み鳴らしながら道路に出た。その日は心地よいさわやかな風が吹いていて、快適な秋の日だった。僕たちは坂を下って広い道路に出た。角から二軒目か三軒目のところにみすぼらしい古い家があって、玄関には鍵がかかっていなかった。ノッポさんは扉を開けて、急に、畑さんに拳銃を突き付けて、お母さんを家の中に押し込もうとした。

「いやぁ！」と、お母さんは、自分の声が通行人に聞こえるように、大きな声で叫んだ。畑さんは振り返り、助けを求めて走り出した。お母さんはノッポの手を振り払おうともがいたが、彼の腕力が強過ぎた。次の瞬間、彼が悲鳴をあげた。

「ボイヌゥ（痛い）」

後ろから一人の女性が彼の足を強く蹴ったのだ。それから他の二人の女性が彼の頭と脇腹を日傘で力いっぱい叩いた。三人の女性は朝鮮の伝統的な服・チョゴリを着ていた。ノッポ野郎は諦めてお母さんを手放し、何も言わないで急いでその場を立ち去った。この三人の朝鮮人女性たちの何と勇敢だったことか！

彼女たちは、上手な日本語を話した。そしてお母さんに言った。

「私たち朝鮮の少女や女性もソ連兵を恐れているので、一人で行動しないように気を付けています。どこに行くときも一人ではなく、必ず誰かと一緒に出かけます」

三人は、お母さんと僕を宿まで付き添ってくれようとした。

僕たちが丘を半分まで登ったところで、畑さんが、森茂さんと岩田さんを連れて走って戻って来た。

「この勇敢な方たちが私の命を救ってくれたのよ」と、お母さんが説明した。

三人の女性は別れを告げて去って行った。僕たちは何度も何度も深く頭を下げたけれど、適当な感謝の言葉が出てこなかった。お母さんは三人に対する感謝の気持ちを一言でまとめた。

「なんて朝鮮の女性は素晴らしいのかしら！」

ある晩、近くの海岸で、許されることができない事件が起きた。数人のソ連兵が旧日本軍の兵士数人を水辺に立たせて狙撃を始めた。一人を除いて全員が撃ち殺されたらしい。この一人は撃たれた瞬間に海の中に飛び込んで逃げたので、もしかしたら生きているのではないかとの噂だ。

8　保安官と暴徒

日本がまだ朝鮮を支配していたとき、日本の警察と日本の陸軍憲兵が治安を維持するため取り締まっていた。日本の敗戦により、朝鮮半島でその権力を失うと、北朝鮮では新しく朝鮮人による保安官の制度が生まれた。

ある日、三人の保安官が僕たちの古い旅館にお父さんを探しに来た。

「あんたが清水武か」

「はい、そうですが……」

「我々と一緒に来なさい」と、一人の保安官がぶすっと言った。


三時間後、お父さんは戻って来て、部屋の障子のところで倒れた。お父さんに一体何が起こったのか僕たちには分からない。お母さんがお父さんの上着を脱がせようとしたが、腕が動かない。お父さんは話すこともできず、痛みにうめいているだけだったけれど、やっと「背中が……」と、お母さんに告げた。お母さんが上着と下着を首までまくり上げた。すると、お父さんの背中には水ぶくれがいっぱいできていた。お母さんはお父さんの背中に、すり下ろした馬鈴薯を塗り付けた。日本では、これが古くからの傷薬だったとか。

お父さんが、保安官の事務所でめった打ちにされたことは明らかだったが、一体なぜ、そして何がそうさせたのか。

翌日、話ができるようになったお父さんは、拷問された理由を話してくれた。理由はたった一つのようだった。保安官たちは、吉州の機関区の責任者であるお父さんの上司・機関区長の居場所が知りたかったらしい。区長と彼の朝鮮人の妻は、日本がアメリカに降参したその日に姿を消したのだった。なぜ保安官たちが二人の居場所を知りたがったのか、理由は分かっていない。

最後に機関区を去る前の約二週間、お父さんは副区長として、日本人社員から朝鮮人社員への業務の引き継ぎを終え、朝鮮人の社員に仕事を任すことができたと確信していたのだが……。保安官たちは、お父さんが責任者としての区長と彼の妻がどこにいるのかを本当に知らないと納得できるまで、お父さんの背中をムチや竹刀で打ち続けたのだった。幸い、痛めつけられたのは背中だけで、顔も頭も他の箇所はどこも痛めつけられなかった。お父さんは、僕たちが仮住まいしている古い日本旅館の門まで、同じ保安官たちに付き添われて戻って来たのだった。

僕たちがこの古い旅館に住み始めてから二か月が過ぎた。僕はまだ九歳でヨッちゃんは十二歳だったある朝、予期せぬ出来事が起きた。

「ここで君たちは何をしているんだ？」

それはヨッちゃんの叫び声だった。僕は部屋の中で彼の声を聞いたのだけれど、大人全員と兄ちゃんは出かけていて、部屋には僕一人しかいなかった。僕は障子を開けて外を見た。

ヨッちゃんが、数人のみすぼらしい身なりの朝鮮人の男女に囲まれていた。

そのときヨッちゃんは、庭の草花の手入れをしていたのだ。朝鮮人たちは裏庭の丘の下の方から登って来たに違いない。彼らは普通の様相ではなく、手にこん棒や小枝を握っていた。

「よし、さあ、やろう！」と、誰かが日本語で叫んで、建物に向かって来た。

「わぁ！」と、彼らは叫んだ。

不思議なことにヨッちゃんは叩かれなかった。彼はただ押し倒されただけだった。

「やめろ！」と、ヨッちゃんは叫んで、僕たちの部屋の方に向かって来る二人の男の後を追った。

僕は怖くなって、布団の中にもぐり、布団と毛布をしっかり掴んだ。二人の男は靴も脱がずに畳の部屋に入って来た。先に入って来た男が僕の持っていた毛布を取ろうとしたが、僕は毛布を手放さなかった。ヨッちゃんは次に入って来た男の後ろから、彼の襟を捕まえて強く引っ張った。その男は持っていた布団を手放し、堅い木の廊下の上に転んだ。ヨッちゃんはこん棒を奪い取って、それで彼の鼻を強く押す振りをした。その男は何も取らなかったが、僕と毛布を引っ張り合った男が、川辺さんの掛け布団と枕を奪って逃げた。

他の部屋の被害も似たようなものだった。誰も傷つけられなかったが、布団や毛布といくつかの調理器具などを持って行かれた。朝鮮人の暴徒は、この場所が以前日本旅館だったことを知っていて、ここに残されている物が欲しかったのだろう。朝鮮人の暴徒は、僕たちを傷つけるつもりはなかったらしい。

9　咸興の町

北朝鮮から日本へ向かう船はない。しかし、噂によると、それが許されている唯一の港は南朝鮮の最南端にある釜山港だけだ。現在地から南に行けば行くほど、新しい国境・三十八度線に近くなるので、北朝鮮からの脱出の機会をねらって、できるだけ三十八度線に近い地点に移動していた方が賢い。

この新しい国境をはっきり区別するような柵や高い塀はないけれど、北から南へ逃げるところが見つかれば、ソ連兵によって銃殺されるらしい。それでも、日本人の避難民はこの三十八度線から南へ脱出していると聞いている。


お父さんと川辺さんが、列車で五時間ほど南に下った咸興《かんこう》と呼ばれる町で生活ができるように手配して、その町へ移動する列車も手配してくれた。そして古い旅館に仮住まいしていた五十人ほどの僕たち避難民は、この列車に乗って、城津の駅から計画通り咸興の駅に到着することができた。

咸興の町に着いたとき、小雨が降っていて、少し寒かった。季節は秋の終わりか、多分冬の初めだったと思う。三十分ほど歩いて、大きな校庭のある古い学校の校舎にやって来た。そこには朝礼台の上に、傘をさした保安官が立っていた。彼の前に、僕たちは傘もささずに集まった。すると彼は次のような内容の演説を日本語で始めた。


我々は日本人を朝鮮に招待しなかった。

日本が朝鮮を侵略した。

神の国は戦争に負けた。

日本は今は神の国ではない。

ヒロヒト天皇は一番の戦争犯罪人である。


これからこの古い建物に住むのに必要な心得や規則にも触れず、彼は演説を続けた。

「朝鮮半島の日本による統治は終わった。朝鮮半島は、現在、北と南に分断され、国境を越えることはできない。君たちは、この半島が一つの共産主義国家になるまでは、この北朝鮮に滞在しなければならない」

「すみません。一つ質問してもいいですか」と、一人の日本人男性が大きな声で尋ねた。

「どうして、あなた方は、私たち日本人を船で北朝鮮から日本へ帰してくれないのですか」

「我々は日本とは話をしていない。日本との会話はあり得ない」

「南朝鮮にいる日本国民は、釜山から日本へ船で送り出されていると聞いていますが……」

「それは南朝鮮の話だ。我々には関係ない。南朝鮮が何をしようとかまわない。質問はこれで終わり。私の後について二階の部屋まで来なさい」

僕たちは彼の後について、この建物の二階に上がった。僕たちが使う二部屋は、階段の右側に並んでいた。最初の部屋の前で、保安官は僕たちの人数を数え始めた。

「1、2、3……23、24、25。よろしい。この部屋に入りなさい」と、二十五人まで数えて、一言付け加えた。

「みんな、一緒に、仲良く、生活するように！」

一緒に仲良くだって？　彼は、確かにそう言った。
昔、教室だったところに、二十五人が一緒に生活する？
床には畳も敷いてないのに！
僕は、むかついた。一つの部屋で、二十五人が？　でも、仕方がなかった。

僕たちは、最初の部屋に弥寿子おばさんと一緒に押し込まれた。今度は、川辺さんとは一緒ではなかった。次の人たちは保安官の後に続いて、次の部屋に行った。

弥寿子おばさんを含む清水家六人、森茂さん、岩田さん、畑さん、中島さんで十人。それに角野家三人、飛田家三人、名前が分からない夫婦が二組、その他五人の独身の男性で、合計二十五人。角野夫妻には二十

ざこ寝

代前半の息子がいた。僕は九歳だったけれど一番年下ではなかった。飛田夫妻には五歳ぐらいの娘がいた。

ここで、大きな疑問があった。この部屋で誰がどこに落ち着くのか？

僕たちが最初に決めるよう、誰かが提案してくれた。弥寿子おばさんと清水家の五が入口側の壁にそって陣取った。すなわち、廊下側の窓の下だ。その他の家族は空いている壁にそった場所に落ち着いた。ざこ寝を強いられるであろう全部で九人の独身男性たちは、部屋の真ん中に決まった。誰もがこの陣取りは、仕方のないことだと思ったに違いない。

城津の日本宿に電気がなかったように、この咸興の学校の建物でも、電力は使えない。電気のない生活には慣れているので、それは問題ではない。他の部屋で生活している百人ほどの日本人避難民も、終戦からずっと電気のない生活をしている。

ここには台所はない。代わりに調理用としておよそ三十個の小さなコの字型のかまどが校庭に散らばっている。大部分のかまどは三個の大きな石かコンクリートのかけらでできていて、所有者は決まっていない。空いていれば誰でも勝手に使うことができるため、このやり方は、百五十人余りの避難民にとっては好都合なのだ。

マッチは大変貴重なので、一本でも無駄にしたくない。どこかでかまどが使用されているとき、燃え続けている火を分かち合うのが賢いやり方だ。

しかし、夕食前は調理の場所が大変混雑して、素早く行動しなければならない。ある日、お父さんは空いているかまどを選んで、古紙と小枝を中に入れて、鍋と水の瓶を取ろうとして横を向いたとき、そのかまどから、コンクリートのかけらが盗まれた。お父さんは若い男がそれを持ち去るのを見て、後を追って、彼の

かまど

襟を捕まえた。

「おい、それを持ってどこに行くつもりだ？　ゆっくり地面に置きなさい」

ここの調理場では簡単に物が盗まれてしまう。小枝や調理のために用意してある物には、気を配っていなければならない。

飲み水も大変貴重だ。百五十人の避難民に、わずか二つの蛇口しかない。一つの蛇口は東側の出入口に、もう一つは西側の出入口にあるだけだ。日中は、飲み水を求めて常に数人が列を作って並んでいる。

10　幽霊

「ぎゃ！」と、僕は悲鳴をあげて階段を上り、部屋に飛び込んで、誰かの足の上に倒れた。

「痛い！」

「ごめんなさい！」と、僕は謝った。

彼は何も言わなかった。僕は許してもらえたのだろうか。

その晩、僕は何をやっていたのかって？

僕は下の階の便所から戻って来る途中だった。とても暗くて怖かった。そして、ぼさぼさの長い白髪で顔が覆われた幽霊を見たのだ。白髪で隠れた奥に、僕は確かに一つの目を見た。


翌日、階段で長い白髪のおばあさんとすれ違った。《うわァ、もうダメ。彼女が、その幽霊だったのだ。何と臆病で、愚かで、許されないことをしてしまったのか。僕は、幽霊なんか存在しないことくらい、知っていたはずなのに……。おばあさん、本当に、本当にごめんなさい！》

11　収穫

森茂さんと岩田さんは、一緒に大きな農場で住み込みの仕事を見つけた。

一方畑さんは急にいなくなり、そのまま帰って来ない。彼もどこかの農場で住み込みの仕事か、それに似た仕事が見つかったことを祈るしかない。

他の独身の男性たちもいなくなった。避難民たちは、機会をねらって三十八度線を越えることに成功していると聞く。畑さんを含め、他の消えた若い男性たちも、運よく国境を越えたか、これから越えられることを、心から祈りたい。

中島さんは朝鮮鉄道を数年前に退職している。退職後、なぜ中島さんは日本に帰らなかったのだろう？　北朝鮮での生活がそんなに好きなのだろうか。中島さんは背が高くて痩せていて、目は眼鏡の奥でいつも笑っている。道端の市場に買い物に出かけるのが好きで、しょっちゅう食べ物を買ってむしゃむしゃ食べている。彼の好物のおやつは、薄くて少し紫色で幾分甘い朝鮮のきび団子だ。自分の分も入れて、二十円の代金を払い、いつも僕に一枚買ってくれる。中島さんは仕事を見つけるつもりはなさそうで、現金を沢山持っているお金持ちだと思う。というのも、戦争に負けてから、銀行は開いていなかったからだ。

　飛田家の小さな女の子は、日中いつも一人で部屋の中にいる。僕は彼女と話したいけれど、どのように話しかければいいのか分からない。僕は二人の兄と一緒に育っただけで、妹はいないので、この女の子に、どうしても話しかけることができない。とにかく、両親が出かけているとき、この女の子は部屋の中で、一人で遊んでいる。考えようによっては、僕たちみんなが彼女の子守りをしているようなものだ。この大きな部屋の中で誰かがいつも彼女の世話をしているのだ。

　お父さんと兄ちゃんは一緒に田んぼで働いている。兄ちゃんは今までに一度もお金のために働いたことはなく、田んぼでの仕事は兄ちゃんにとって大変きついらしい。でも、お父さんと同じように働いて、同じお金をもらえるので、とても幸せそうだ。お父さんにとっては、小学校を卒業するまで、自分の家の田んぼで働いていたので、この仕事は慣れた作業だ。そして朝鮮では、脱穀の知識が役に立って、田んぼの所有者を驚かせたらしい。

冬の季節が始まって、米の収穫の仕事は終わった。お父さんと兄ちゃんは農場から解雇された。しかしまた来年、田植えの時期に戻って来るように言われた、という。二人にとって本当に良かったと思う。

稲の収穫が終わった頃、お父さんは、ひとかかえの稲わらを仕事場からもらって来て、わら草履をつくって、そのつくり方を僕たちに教えてくれた。お父さんが日本で暮らしていた頃、家族のために沢山のわら草履をつくったことを話してくれた。でも北朝鮮の冬は寒過ぎてわら草履は履けない。だからわら草履は来年の夏のために取っておくことにした。

お母さんと弥寿子おばさんはいつも一緒だ。二人は大きなりんご園で働いている。りんご狩りの季節が近づいて、前よりもっと忙しくなった。

お母さんは言った。

「ちょっと時期が早過ぎるけれど、リンゴをもらって、持って帰ることができるかもしれない」

それは嬉しい知らせであるけれど、「家に帰る」ということが言えないのは悲しいことだと思う。ここにいる誰もが帰る家がないのだ。

ヨッちゃんと僕は落穂ひろいに出かけた。そこら中に穂が落ちているわけではなく、半分地面に埋まっているものまで拾い集めなくてはならない。三日間、あちらこちらの田んぼを歩き回った。

「これが全部餅米ならいいのだけど、多分違うな。それでもいいや。これを煮た後、鍋に入れて、長い棒か何かでよく叩きつぶして、餅の代用品をつくるんだ」と、ヨッちゃんは、やって来る正月を夢見ながら言った。

「少しは餅らしく粘り強くなったご飯を、まな板の上で平らにして、正月用の切り餅らしい食べ物をつくるんだ」

しかし、その前に拾い集めた落穂からお米を取り出さなければならない。お父さんから脱穀という言葉を教えてもらっていた。脱穀のためには、丼の中に拾い集めた落穂を入れて、米粒が出てくるまで叩くように押しつぶす。それが終わると、空のモミを吹き飛ばす。清水家五人が二個ずつと、弥寿子おばさんの二個分で、合計十二個のお餅の代用品をつくるのに十分な落穂を拾い集めたはずだ。

ヨッちゃんと僕は落穂を拾っているとき、田んぼの中で重要な物を見つけた。それは腐った板などで、以前は農具用の小屋か、何かを入れておく小屋だったのだろう。田んぼの所有者がそれを片付けるのを怠っていたと思い、僕たちが片付けてあげることに決めた。僕たちはその腐りかけた板などを束ねて、背中に背負って戻って来た。「しばらくの間、市場で薪を買わなくてもいいな」と、ヨッちゃんが言った。そしてこの場所を僕たちは「秘密基地」と呼んで、時々戻ることにした。

12　物売りと物乞い

ヨッちゃんと僕は一九四六年のお正月のために、普通のお米でお餅の代用品をつくった。けれど兄ちゃんは「餅米」で本当のお餅をつくろうと計画していて、田んぼでお父さんと一緒に働いて稼いだお金で、餅米を市場で買っておいたと言う。兄ちゃんは大晦日に餅をつくった。餅米を蒸す必要があったが、適当な蒸し器がないので、普通のご飯の炊き方で、餅米を蒸さなければならなかった。普通に炊いた餅米を大きな鍋に移して、強く叩くためにこん棒を使った。ヨッちゃんは、兄ちゃんの努力に感謝すると同時にお金の有難さを認めた。僕はお正月に本当のお餅が食べられるという事実だけで幸せだった。

ヨッちゃんと僕がつくった偽のお餅は、お母さんが他の料理に使ってくれたので、決して無駄にはなっていない。

翌朝、お雑煮を食べる前に、家族全員と弥寿子おばさんも一緒に、ささやかなお正月の儀式が行われ

お餅

た。

「あけましておめでとう！」と、みんなで一緒に言った。そしてお父さんが付け加えた。

「今年中に、日本に帰れますように！　皆でこの寒い厳しい冬に耐えて生き残り、どうにかして三十八度線を越える機会を待たねばならない。そのために、みんな一緒に、健康で過ごそう！」


数日後、お母さんと弥寿子おばさんが市場に出かけたとき、小さくて新鮮なエビを見て、いい考えが浮かんだ。二人はエビを天婦羅にして、古い校舎に住んでいる日本人避難民に売ることに決めた。


「誰が天婦羅を売りに行くの？」と、僕はお母さんに尋ねた。

「シュウ、あなたよ」と、お母さんは答えた。

「僕が？」

「心配しないで、シュウちゃん。私が後ろについててあげるから」と、弥寿子おばさんが付け加えた。僕は何も売った経験がない。しかし、弥寿子おばさんが僕と一緒に来てくれるのなら、僕は天婦羅を売る心の準備ができるかもしれない。

お母さんと弥寿子おばさんは、翌日、エビの天婦羅を沢山揚げた。天婦羅が冷たくなる前に売らないといけない。僕は冷や汗をかいていることに気付き、自分自身に勇気を出すように言い聞かせた。僕は山盛りの天婦羅を載せたお盆を持ち、弥寿子おばさんは紙袋の中にもっと多くの天婦羅を入れて持っていた。

僕たちは隣の部屋の前に立っていた。弥寿子おばさんは扉をトントンとたたいて僕のために扉を開けてくれた。僕が神様に助けを求めていると、彼女は僕を部屋の中に押し込んだ。

「私は、シュウちゃんのすぐ後ろにいるわ」と、おばさんはささやいた。

「こんにちは。エビの天婦羅、いかがですか」と、僕は言ってみたが、声が小さ過ぎた。

「エビの天婦羅はいかがですか」と、今度は最初のときより大きな声で言うことができた。

「六匹で百円です。お皿は料金に含まれておりません」

天婦羅を入れる紙袋はなかった。もし紙袋を加えたら、代金はもっと高くなったと思う。僕たちはそれを望まなかった。避難民は日本料理に飢えていた。ほとんど全部の家族が、そして独身の男性までもが、僕たちからエビの天婦羅を買ってくれた。弥寿子おばさんが紙袋に入れて持っていたすべての天婦羅も、最後の部屋に行く前に、売り切れとなってしまった。

「わぁー、おばさん、やったー。僕たち、全部売りさばいたんだよ！」

「そうよ。シュウちゃんが全部売ったのよ！」

僕は涙を止めることができなかった。弥寿子おばさんは両手で僕の頭を抱きしめてくれた。

「私は、シュウちゃんができることを知っていたの。だって、あなたは勇敢だもの！」

「僕を助けてくれてありがとう！」

それから僕たちは、お母さんのところに戻った。

「お母さん、いい商売だったよ。いくら稼いだか分かる？」

「二十四皿、二千四百円」

「二千四百円の利益だよ。お母さん」

「それならいいんだけれど。天婦羅に使った油と小麦粉とエビ代を引かないと……」

そして弥寿子おばさんが僕を助けてくれたことにお礼を言うのを、お母さんは忘れなかった。

「お母さん、僕のために天婦羅を残しておいてくれた？」

「あァ、いけない！　忘れてた！　でも、まだ売るのがあるのよ。あなたは、幾皿、お買いになりますか」

僕たちは、ふきだして笑った。

次は兄ちゃんの考えだ。兄ちゃんは甘いカボチャの羊かんをつくるためにいくつかのカボチャと寒天を買い、ヨッちゃんが通りの市場で売ることに決めた。なぜヨッちゃんが？

兄ちゃんが言うには、

「自分は三兄弟の中で最も恥ずかしがり屋で、道端で物を売る度胸がない。ところが、ヨッちゃんは商人の性格を持っていて、物売りの経験をするのは、いいことだよ」

これは兄ちゃんの身勝手な推理と決断だと僕は思う。

兄ちゃんはかなり挑戦的だ。彼は自分の商品が売れることには自信を持っている。

《でも、兄ちゃんのカボチャ羊かんは甘いの？》

「もし甘くなければ、砂糖を加える」と、兄ちゃんは言った。《だめ、だめ！それは不正行為だよ、兄ちゃん。カボチャの甘味だけでつくるんだ》

兄ちゃんは砂糖を加えないで、自分で甘いカボチャ羊かんの見本をつくった。《十分甘い！》そう、驚くほど甘くでき上がった。兄ちゃんは砂糖を加えないことに決めた。ヨッちゃんも味見して、兄ちゃんに同意した。

「『砂糖不使用』が、カボチャ羊かん販売の強みとなるかもしれないね」と、ヨッちゃん。

やがてヨッちゃんは五十個のカボチャ羊かんの入った入れ物を抱えて、道路脇の売り場に立った。

「日本の甘いオヤツはいかがですか。甘いカボチャ羊かん！　砂糖は入っていないのに、驚くほど甘いですよ。健康にいいですよ。一個、十円です」

一つひとつがセロハン紙できれいに包装されている。

「一つください」と、背の高い日本人の男性が笑顔で言った。

「中島さん！」

「ヨッちゃん、ただの客ですよ。ここで食べていいの？」

「もちろん、どうぞ！」

「うーん、美味しい！　もう一つもらおうかな？」と、中島さんはヨッちゃんの最初の客となった。すると他の日本人も朝鮮人も、甘いカボチャ羊かんを買ってくれた。

ヨッちゃんは商人らしい巧な口調で、五十個のカボチャ羊かんを売りさばいた。

「よくやったね、ヨッちゃん！」と、僕は手を叩いて喜んだ。

僕たち三兄弟の中で最も恥ずかしがり屋の兄ちゃんが、毎日、郊外の農家の周辺で残飯乞いを始めて、目に見えない恥ずかしがり屋の壁を破った。

「僕たちは家族六人、みんな飢えています。何か食べ物を恵んでもらえませんか」と、兄ちゃんは空の鍋を差し出して言うらしい。彼は毎日僕たち家族のために、食べ物を持ち帰ってくれる。

兄ちゃんは日本人の過去の自尊心を捨てて、北朝鮮で物乞いになった。何て可哀想な兄ちゃん！


毎朝、僕たちはソ連兵が歌を歌うのを聞いた。ヨッちゃんと僕はソ連の兵舎で朝食前に何が起きているのかを見に行った。兵舎に着いた後、ソ連兵たちの大きな声のコーラスが聞こえた。そして料理人のような男が、台所の扉からバケツを持って出て来た。兵舎の周りには柵があって、料理人はその柵の扉から出て来て、バケツの中身を捨てるために掘られた大きな穴の方に向かった。空の容器を持った二、三人の日本人避難民が彼について行ったけれど、無駄だった。料理人と思われる男からは何ももらえなかった。しばらくして、作業員らしい男性がバケツを持って出て来た。今度は一人の男性が施し物をもらった。

あのコーラスは朝食前の歌に違いない。ヨッちゃんと僕はソ連兵が朝食を食べる前に兵舎に行くことに決めた。翌朝、ヨッちゃんは鍋を持って、僕はハンゴウを持って出かけた。僕たちが最初ではなく、柵の扉の前には既に数人の大人が並んでいて、僕たちは一番左端に並んでみた。

まもなく祈りの歌が聞こえてきた。兵隊の朝食が始まり、料理人がバケツを持って、台所の扉から出て来た。彼は柵の扉を通り抜けて、直接僕の方に向かって来た。彼は笑いながら、バケツの中身を直接僕のハンゴウの中に投げ捨てた。《信じられない！》彼は地面を指さして言った。

「ザフトラ」

「ザフトラ？」

あのノッポの男、お母さんを拉致しようとしたあの長身のソ連兵が、僕にこの言葉を教えてくれていた。僕はこの言葉が「明日」を意味することを覚えていた。彼は明日またここに戻って来るようにと言ったのだ。ロシアの黒パンの半分、肉の端切れ、生の馬鈴薯、それに刻んだチーズが僕のハンゴウの中に入れられた。《うわー、こんな食べ物を捨てちゃうの?》僕は不思議に思った。それとも本当に彼は料理されていない食べ物を取って置いてくれて、貧しい日本人に与えようとしたのかな? 僕は、野蛮なソ連兵の中にも、例外的に親切な人がいることが分かった。

次の料理人はバケツをさげて、避難民の列を通り抜けて、ゴミ捨て場に中身を投げ捨てた。また次の男は、残り物をヨッちゃんに与えてくれた。ソ連兵たちは子供を最初に選んでいるように見えた。僕はそのときまだ九歳だったから、僕たち二人は本当に幸運だ。そこに一緒に並んでいる大人たちには申し訳ないと思った。

翌日の朝、もちろん僕たちはソ連軍の兵舎の外にいた。昨日と同じ料理人が出て来て、切りきざんだ新鮮な食べ物を僕に与えてくれた。僕たちは、そこへ一日おきに行

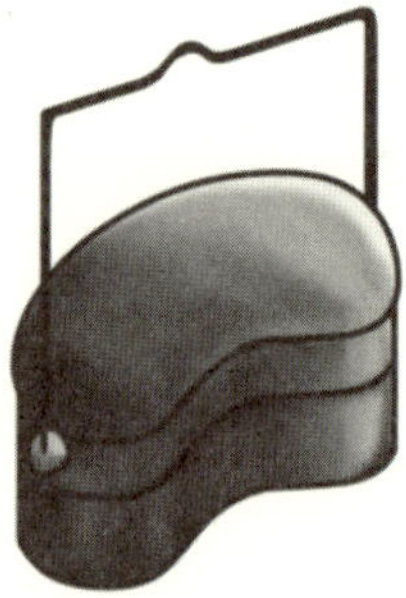
はんごう

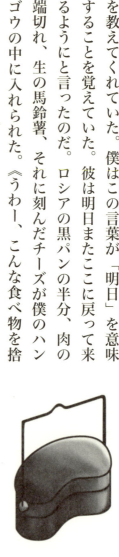

くことに決めて、実行した。そのため、お母さんの仕事が増えた。なぜなら、お母さんは僕たちが持ち帰るすべての食べ物を、焼いたり煮たりして火を通さなければならなくなり、家事の負担が増えたからだ。

ソ連の兵舎に行くたびに、僕は食べ物をもらったが、ヨッちゃんはもらえない日が多かった。ある朝、ヨッちゃんは食べ物をもらえなかったので、ついにゴミ捨て場の穴に飛び込み、頭に鍋を乗せて、食べ物が捨てられるのを待って立っていた。見張りのソ連兵が、ゴミ捨て場の中に立っているヨッちゃんを見つけた。彼は大変怒って、ヨッちゃんに自動小銃を向けた。ヨッちゃんは穴から飛び出して、狂ったように走り、街の中に姿を消すまで、その兵士に追いかけられたのだった。部屋に戻り、みんなにヨッちゃんに起こったことを話すと、みんなが手を叩いて大笑いした。

13　栄養失調、シラミ、発疹チフス

一九四五年十二月末頃から、この建物に住む避難民の間で高熱による死者が出始めた。栄養失調になった者たちはみんな、この病で死んでいった。この部屋の最初の犠牲者は飛田夫婦の五歳の女の子だった。高熱が三日間続いた後、四日目に亡くなった。彼女の両親も病気だったため、娘を世話することができなかった。女の子の死体は、ムシロにくるまれて、二日間寒い廊下に置かれていたが、お父さんが、街の東側の丘の上に日本人墓地があることを知り、この子を背中におぶって、そこまで運んだ。数日後、この子の両親もこの子の後を追って天国に逝った。この部屋から突然、家族三人が消えた。このことは、僕たちがお餅をつくっていたお正月前に起こったのだった。

この病気は伝染病なのか。僕の家族は城津を出発してから一度もお風呂に入ってい

なかったし、もちろん、この建物に住む避難民全員がお風呂に入っていないはずだ。この病気はシラミと栄養失調に大きく関係していると推測された。誰かがこのタイプの病気は発疹チフスだと突き止めた。この病気に直面した僕たちに、一体何ができるのか。何もできない。医者もいなければ薬も手に入らない。

お正月が過ぎた頃、発疹チフスにより、この建物の中で多くの避難民が命を落とし始めた。しかし、角野家は近くの朝鮮の病院に入院した。彼らは病気だったのだろうか。彼らは大変金持ちだったので、病状が悪化する前に入院したに違いない。または、朝鮮の病院に入院できる何らかの伝手《つて》があったのかもしれない。信じられない。

僕たちの部屋の次の犠牲者は中島さんだった。彼は三日間ほど高熱に苦しんで、静かに息を引き取った。僕たちはできる限りのお世話をしたけれど、薬なしではすべて無駄だった。彼は持っていたお金をすべて僕たちに残してくれたけれど、全額でわずか三百円しかなかった。彼は金持ちだと思っていたけれど、間違っていた。

中島さんが亡くなった後、僕たちの部屋には十三人しか残っていなかった。清水家五人と弥寿子おばさん、それに二組の夫婦と三人の独身男性だけだ。

発疹チフスのための唯一の薬というか、僕たちが手に入れることができる唯一の薬は、団子虫だという噂が流れ始めた。そしてチフスを治すためには、少なくとも四匹の団子虫を生きたまま丸呑みしなければならないとのことだ。

団子虫の噂を聞いた数日後、朝鮮人の女性が僕たちの部屋に入って来た。兄ちゃんは十二匹の団子虫を三百円で買った。それから兄ちゃん、ヨッちゃんと僕の三人は四匹ずつ飲み込んだ。

「ウヘッ！」。僕たち兄弟三人は、心から生き残ろうと決意した。

ムシロに包まれた死体

誰かが死ぬと死体は部屋から持ち出され、廊下に置かれる。咸興市役所は死体を片付けるために、二人の日本人の死体処理者を毎日送り込んで来る。日本人の死体は、その死体処理者二人によって日本人共同墓地へと運ばれる。

ソ連軍は、発疹チフスを抑えるためか、ついに病気の日本人避難民を収容するための収容所を創設した。この収容所も戦前の日本人学校の建物で、ここで日本人患者の半分が死に、残り半分は回復した後、解放されるとの噂が流れた。

ヨッちゃんと僕はチフスにかかり、高熱で苦しんだけれど、四日か五日して回復した。その時点で、兄ちゃんはチフスにかかっていなかった。僕は十回目の誕生日、二月九日に回復して、生まれ変わった感じだ。ヨッちゃんの命も、僕の命も、生きた団子虫が救ってくれたのだろうか。

お父さん、お母さん、弥寿子おばさんも熱があり、多分チフスだったと思うが、布団の上で病原菌と闘っていた。そして正午近く、突然扉が開いて、最高位クラスのソ連兵が朝鮮人の通訳と一緒に部屋に入って来た。通訳は僕たちにこう告げた。

「この軍人は医者です。もしあなた方が病気であれば、我々と一緒に来なさい」

この医者は、お父さん、お母さん、弥寿子おばさんを指さした。それから通訳は言った。

「そこの三人は何も持たないで、手ぶらでついて来なさい」

「私たちをどこに連れて行くのですか」と、お父さんが尋ねた。

「日本人収容所で、病院みたいなところ」と、通訳は答えた。

お父さん、お母さん、弥寿子おばさんは立ち上がって、医者の後に続いた。通訳はオーバーコートだけを着て行くようにと言った。

三人が扉を開けて出ようとしたとき、お父さんが僕の方を振り向いて言った。

「お父さんと一緒に来なさい。外は寒いから、オーバーを着て！」

「僕が？　お父さん、僕、熱なんかないよ」

「いや、シュウは、お父さんと一緒に来なさい！」

お父さんの命令は絶対的だ。僕はオーバーコートを羽織った。廊下に出たとき、お父さんは、もう一度、扉を開けて、兄ちゃんとヨッちゃんに話しかけようとした。しかし、お父さんは何も言えなかった。お父さんは何も言うことができなかったけれど、目はうるんでいた。

二十人余りの日本人避難民が、二頭の馬に引かれた荷車に乗っていた。荷車は木の羽目板でつくられていて、隙間から冷たい風が吹き込んでいた。この日は僕の誕生日のちょうど一週間後だった。一九四六年二月十六日に僕たちは日本人収容所に向かい、出発して十五分後に収容所に着いた。

もし、生き延びる可能性が五十パーセントであるということが正しければ、僕たちの生死の確率は五分五分だ。どうにかして、僕たちは生き延びないといけない。僕、お父さん、お母さん、弥寿子おばさんの四人で、百パーセントの確率で、ここを元気な姿で出なくてはならない。

14　日本人収容所とお父さんの運命

収容所に着いた後、僕たち四人は扉が二つ並んだ大きな部屋の前に立っていた。お父さんと僕は左側の入口から、お母さんと弥寿子おばさんは右側の入口から入るように指示された。お父さんと僕は着ているものを全部脱いで、それを別々の紙袋に入れて、その紙袋に自分の名前を書いて、係員に渡した。それから、僕は散髪された。お父さんは、体毛のすべてを切られるか、剃られた。シラミ退治だ。

次に、僕たちは水蒸気のこもる風呂場に入った。部屋の中心にある大きなお風呂に入る前に、体をシャワーで完全に洗うよう言われた。数人の裸の男が熱いお風呂の中に入っていた。熱いお湯の中は大変気持ちがよく、僕はお風呂から出たくなかった。お父さんを含めて、お風呂の中にいた男性は全員が高熱で苦しんでいたので、長い間入っていることはできなかった。

お父さんと僕は熱いお風呂から出て、大きなタオルで体を拭くことはできたが、すぐに係員にタオルを渡すように言われ、風呂場からは真っ裸で出るように言われた。お父さんは頭にも、脇の下にも、太ももの間にも、そして足にも毛がなくなって、体から毛はすべて刈り取られていた。

「何か上に羽織る物はないのですか」と、お父さんが尋ねた。

「扉の外へどうぞ」と、日本人の男性係員が言った。

お母さんと弥寿子おばさんが扉から出て来るのと同時に、偶然、僕たちは部屋から出た。四人とも頭にも股の間にも毛がなくて、丸裸だった。まるで赤ちゃんが顔と顔を合わせて、再会したように思えた。もう、シラミも、消えているはずだ。

日本人の男性係員と女性係員が現れて、浴衣らしい軽い着物をくれた。僕には大き過ぎたけれど、身体全部を覆うことができた。お母さんと弥寿子おばさんは二階の女性専用の病室へ案内され、お父さんと僕は一階の男性用病室に連れて行かれた。そこには、二十の寝台が配置されていて、十八台が日本人の男性患者で埋まっていた。窓は拘置所の独房のように鉄の棒で仕切られていて、患者は逃げ出すことができない。部屋の真ん中に、ストーブが置いてあった。天井の近くに天窓があって、夜、動き回るには十分明るかった。この窓から入る明るい月の光が、きれいに輝いて、僕の心をなだめてくれる。僕は夜間の暗やみには慣れていたので、電気なしでの生活には困らなかった。

例のソ連兵の医者は、午前中に一度巡回するだけで、午後には姿を見せない。ここには薬もなければ注射もなく点滴もなかった。ここは病院ではなく、日本人のチフス患者が集まっている場所に過ぎない。もし運が良ければ、僕たちは生き延びることができて、運が悪ければ、死ぬだけのことらしい。

患者の世話をするために、この部屋に割り当てられた日本人女性がいる。名前は佐藤さんといい、彼女は僕が病気でないことを見抜いていた。僕はお父さんが一人では心細いので付き添いで来たことなど、本当のことを話した。また二階の女性用病室にいるお母さんと弥寿子おばさんのことについても彼女に話した。すると彼女は、心配しないようにと言ってくれた。また、お父さん、お母さん、弥寿子おばさんと一緒にこの収容所から出て、一緒に帰ることができますよ、とも言ってくれた。

佐藤さんは患者の熱を測るため、毎朝一人ひとりの寝台のところに廻って来る。もし回復して正常な体温が三日以上続けば、僕たちはここを出て行かなければならない。だから佐藤さんは、僕の体温について、ごまかしてくれることを約束してくれた。毎朝、体温測定表に三十八度、三十九度などと記入してソ連兵の医者に手渡す。僕の正常な体温は摂氏三十六・三度で、日本人収容所でも毎朝同じだ。日本人の正常な体温が摂氏三十五・五度から摂氏三十七・四度であることを僕は知っている。佐藤さんは僕のために進んで体温測定表に嘘の体温を記入する。

昼も夜も、部屋の中で誰かがうめいたり叫んだりしている。一人の男性が発疹チフスにかかりながら、両足も凍傷で苦しんでいて、部屋の空気が恐ろしく臭かったが、二日後にこの患者は亡くなった。そして他に二名がチフスで亡くなった。空いた寝台が新しい患者で埋まるのに時間はかからない。生き延びるより、もっと多くの人が死んでいくように思える。寝台が空いても、すぐに新しい患者が入って来る。

お父さんの熱は下がるどころか、容体は悪化していき、三日目にとうとう食べられなくなった。その夜、お父さんは、お母さんと兄たちの名前を呼び始めた。お父さんは「鈴子、徹、ヨシ」を繰り返した。毎回名前の順番は同じではなかった。僕は、お父さんの脇にいて、手を握っていたので僕の名前を呼ぶ必要はなかったらしい。夜明け前、お父さんはうとうと眠り込むように見えたので、体を休ませるために、自分の寝台に戻り、僕もうとうとしていた。

「シュウ……水……水をくれ！」とのお父さんの声で目が覚めた。世話係の佐藤さんが、まだ朝が早いのに、仕事を始めていた。

「佐藤さん、お父さんに、水を持って来てくれませんか？」

「はい。シュウちゃん」

佐藤さんはお父さんの頭を少し持ち上げて、お父さんに水を飲ませてくれたので、僕は佐藤さんにお礼を言った。

僕が寝台で朝食を食べていたとき、お父さんが咳払いをするのが聞こえた。そしてお父さんが大きな息をしていた。

「お父さん！」

これがお父さんに向かって直接「お父さん」と呼ぶ最後となった。一九四六年二月二十日、この収容所に来て四日後にお父さんは亡くなった。僕の目の前だけでお父さんがあの世に逝くことを選んだのか。仮住まいの部屋を出たとき、お父さんが僕に一緒に来るように言ったのは、僕の脇で死ぬ運命を選んだからなのだろうか。お父さんは僕のことが一番好きで、僕を選んだのだろうか。

「お父さん、僕もお父さんが大好き！」

僕は寝台に戻り、毛布をかぶって、泣いた。

しばらくすると、お父さんの死体は、二人の日本人の作業員によって運び出され、お父さんの寝台も片付けられて、新しい寝台が次の患者のために用意された。


翌日、若い男が入って来て、僕の横の新しい寝台が割り当てられた。彼は重病ではなかったので、会話ができた。彼の左手の甲にはっきりとした傷跡があるのに気付いたので、左手はどうしたのか尋ねたところ、城津の海岸で事故にあったとのことだった。僕は、ソ連兵が日本兵を標的としていた夜の事件を思い出していた。

「うぁ、お兄さんが海の中に逃げて、生き残った人だったの？」

「そう、幸運だったね。神様が助けてくれたのかな？」

「そのお話が聞けて、嬉しいです。お兄さんは本当に勇敢だったんだね！」

「ありがとう！　俺、永遠に生きるつもりよ。はっ、はっ、はっ」

「はっ、はっ、はっ」と、僕も一緒に笑った。城津で起きた日本兵が射撃の標的になったという噂は本当だったのだ。そして海に逃げ込んだ日本兵の伝説も本当だった。

佐藤さんが僕に良い知らせを届けてくれた。お母さんが三日後にこの収容所を出る準備をしていること、そしてソ連兵の医者に報告するための僕の体温を、これからは正常に戻してくれるとのことだ。佐藤さんは、僕がお母さんと一緒にこの収容所を出られるように取り計らってくれているのだ。

退院する日がついにやって来た。この場所は病院ではないので、退院という言葉は当てはまらないかもしれない。とにかく僕は、お母さんと弥寿子おばさんと一緒に、この収容所から出ることができるのだ。佐藤さんは、僕を二階の女性の病室まで連れて行ってくれた。まもなく、お母さんと弥寿子おばさんがこの部屋から出て来る。

やがてお母さんが出て来た。僕はお母さんの胸に抱きついて泣いた。

「お母さん、お父さんが死んじゃった」

「えっ！　お父さんが死んだって？　それで佐藤さんは私に何も言えなかったのね。最悪の場合を想像してはいたけれど……」と、お母さんも声を出して、泣いた。

「弥寿子おばさんは、まだ出られないの？」

「弥寿子さんは、亡くなったのよ」

「弥寿子おばさんも、死んじゃったの？」と、僕はお母さんに抱かれたまま泣き続けた。

「はい、それでは洋服を取りに行きましょう。私と一緒に来てください」と言って、佐藤さんは僕たちを一階の更衣室に連れて行った。

お母さんと僕は手を取り合って急いで歩いた。そして二頭の馬に引かれた荷車が通った同じ道を引き返して、古い校舎に戻った。

「兄ちゃん、ヨッちゃん、ただ今、戻りました。お父さんが亡くなったのよ」と、お母さんが挨拶をした。

「お母さん、僕たちは知っているよ。以前お父さんのところで働いていた若い衆が、共同墓地からの帰り道に寄ってくれて、お父さんの遺体をお墓に運んだこと、切った眉毛と切った爪と丸い眼鏡以外は何も持ち帰ることができなかったこと、お父さんは丸裸で、一本の毛も生えていなかったことなどを知らせてくれたの」と、兄ちゃんは言った。

「弥寿子おばさんも死んじゃった」と、僕はこみ上げる感情を抑えて言った。僕はもう泣きたくなかったのだ。

「お母さんは不死身に違いないんじゃない？　だって、お母さんはあの気持ち悪い団子虫を飲み込まなかったでしょう」と、ヨッちゃんが言った。

「はっ、はっ、お母さんは絶対に死なないよ」と、僕が付け加えた。そしてみんなで笑った。

「お父さんは僕たちのために一年か、それ以上の生活ができるお金を残してくれた」と、兄ちゃんが言った。

「この厳しい冬をどうにかして生き残り、みんな元気に静岡のお父さんとお母さんの故郷に戻る」と、断言した兄ちゃんは、お父さんが亡くなった後の清水家の代表者になったようだ。

四月の初めに、僕たちが住んでいる古い校舎の階段裏の隙間で、畑さんが死んでいるのが見つかった。《彼はどこにいたの？　畑さんも発疹チフスで死んだの？》彼は極端に痩せて見えたけれど、彼の顔には痛みや苦しみは見えなかった。僕は畑さんが天国でお父さんと伊東のおじさんに会えることを心から祈った。

15　春

ヨッちゃんと僕は残飯や余り物をもらうために、ソ連の兵舎に通い続けた。兄ちゃんはお金持ちの住宅街を廻り、食べ物でも仕事でも、ありつけるものは何でも求めた。一度兄ちゃんは一日中、あるお宅で庭仕事の手伝いをさせてもらった。

僕たちの持ち物は、鍵もついていないし、隠す場所もないので、兄弟三人とも外出する間は、お母さんに留守番を頼むことにしている。

三月末になって、寒さが少し和らいだ。

四月初めになると、太陽がたびたび顔を出して、外で過ごすことが楽しくなった。風がまったくなく日差しが暖かく快適なときは、何人もの避難民男性が、建物を背にして日光浴をする。またある者は、燃えるかまどの上で衣類からシラミを振り払い、火の中でシラミが燃える音を楽しんでいる。ヨッちゃんも僕もこのやり方がシラミを殺す最良の方法だと分かったので、この気持ちの悪いシラミという小さな敵を殺す儀式としてパンツまで脱いで、これを燃える火の上で振った。

ある晴れた日、僕たち三兄弟は、田んぼのそばを流れる小川に、小魚を捕まえに出かけた。昨年の秋、兄ちゃんはお父さんから竹の「ざる」を使った魚の獲り方を教えてもらっていた。

兄ちゃんは、最初に小川に足を踏み入れた。水はまだ冷たかったので、僕たちは交代で小川に入った。捕まえた魚はほとんどが水底に住む淡水魚のドジョウで、他の小さい魚は、そのまま逃がしてやった。ようやく十二匹のドジョウを捕まえたところで、切り上げることにした。立ち去ろうとしたとき、どこからともなく数人の朝鮮人の少年たちがやって来て、僕たちは取り囲まれてしまった。

「おい、お前たち、何をしている？　朝鮮の魚を盗んでいるな、この泥棒！」と、兄ちゃんよりも背の高い少年が、兄ちゃんにこぶしを振るった。その瞬間、兄ちゃんはその長身の少年の襟と肘を掴んでいた。しばらくの間、二人は動かない。

「ふんっ、お前、柔道を知っているな？」

「もちろんだとも」

ケンカ？

「じゃお前とケンカしたくない」と、背の高い少年は後ずさりして頭を下げた。

「柔道は、ケンカのために使うな、と教えられている。悪かった！」

朝鮮人の少年たちは、回れ右して去って行った。

「えっ？」

僕は信じることができなかった。柔道は人の心も鍛えるのか？


四月の後半、咸興の町の郊外の風景は変わり始めた。街の景色も、緑が増えて輝き始めた。多くの人が戸外をゆっくり歩き、幸せそうに見える。僕たち避難民にとっても、新鮮で柔らかい緑色の草など、食べる物が増えた。ヨッちゃんと僕は田舎に出かけて、名も知らない雑草をつんで歩いた。お母さんは、お米と乾燥タラと一緒に、つんで来た草を料理した。タラは少し塩辛かったので、新鮮な葉っぱがそれに風味を加えてくれる。たいして美味しくはないけれど、雑草は栄養があって、食料となっている。

ある日、隣の部屋の川辺さんが僕たちの部屋にやって来て、こう言った。

「南に下る貨物列車を手配しました。その貨物列車には十五名ぐらい乗れて、約七十キロ南の文仙と呼ばれる海岸沿いの町まで行くことができます。現在のところ、その町が列車で行かれる最も南の町で、もしかすると、そこから南へ歩いて、三十八度線を横断できるかもしれません。十日間、一日に二十キロぐらい歩くことになると思いますが、国境を越えて、二、三キロ歩くと、文山と呼ばれる町にあるアメリカ合衆国の海兵隊の基地に行くことができます。どうです？　私たちと一緒に行きませんか」

「はい、お願いしたいです、川辺さん！」と、兄ちゃんはお母さんに聞かずに答えた。

「僕たちの四人と、あと二人の若い男性も一緒に連れて行ってもらえます？」と、兄ちゃんは続けた。

「森茂さんと岩田さんの二人は前にお父さんの下で働いていた鉄道員で、今は大きな農園で一緒に住み込みで働いています」

「私は、その二人を知っています。二人とも素晴らしい若者です。それでは一週間以内に十四名で自由に向かって出発しましょう」

「川辺さん、文仙から文山に向けて歩くって、ずいぶん紛らわしいんだね」と、僕は言った。

「紛らわしいですよね。でも心配しないで。私の後について来てくれれば、文山まで案内します」


翌日、お母さんと兄ちゃんは森茂さんと岩田さんに、その話をするために、大きな農場まで歩いた。もちろん、若い二人の青年は喜んだ。そして岩田さんはお母さんに言った。

「メチャクチャ嬉しい知らせ、有難いです。亡くなられた副区長のご家族と一緒に行動する機会が持てるなんて、もう、ワクワクしています。きっと副区長は天国から南朝鮮に行くまでの僕たち全員を見守ってくれるでしょう」

「そして日本までも……」と、森茂さんが付け加えた。

その二日後、二人は農場にサヨナラして、僕たちの部屋に戻って来た。そして翌日、全員で日本人共同墓地を訪れた。兄ちゃんは、お父さんの遺体を埋葬した若い元部下からお父さんの墓の番号が11であることを聞いていた。11番の大きな墓は東側の丘を半分ぐらい上がったところにあって、既に土が盛られて丸くなっていた。

森茂さんと岩田さんは、ひざまずいて両手を合わせた。お母さん、兄ちゃん、ヨッちゃんも二人に続いて手を合わせた。僕も一緒にお父さんと弥寿子おばさんにお祈りした。弥寿子おばさんもお父さんと同じ頃亡くなったはずなので、きっと、このお墓の中でお父さんと一緒に眠っているに違いない。

《明日、この咸興の町を出ます》と、僕は心の中で二人に告げた。《さようなら、お父さん、弥寿子おばさん、さようなら……》

16　自由への出発点

川辺さんら八名と僕たち六名の合計十四名の避難民は、手配された貨物列車に乗り込んだ。目的地までの間、僕たちは貨物や箱や籠などの上に座って休むことができた。

文仙には約二時間で到着した。日本海に面した小さな町だった。ここから三十八度線まで百六十キロを歩くことになり、三十八度線から南朝鮮の文山にあるアメリカ軍の基地までは、距離的には上下、左から右へ、右から左へとジグザグに歩くことになるので、百六十キロ以上、十日かそれ以上かかることになる計算だった。

文仙で貨物列車から降りた後、僕たちは偶然、大きな公園のような場所にたどり着いた。川辺さんは一晩この公園で寝ることにしようと考えていたところ、朝鮮人の女性が、深刻な表情で忠告をしにやって来た。

「保安官たちの計画を耳にしました。明日の朝、あなた方全員がトラックでどこかに連れて行かれるかもしれないとのことです。目的は分かりませんが、過去にも日本人の集団が保安官に連れ去られ、その後彼らがどうなったか、知る者はおりません。あなた方も危険に直面する可能性があります」

そこで川辺さんは計画を変更して、今すぐ休養を取るようにと、みんなに言った。

「暗くなって町が静かになったら、みんなでこの町をコッソリ抜け出しましょう」

ある者は買い物に出かけ、ある者は街で早めの夕食を食べた。日本円は幸いにもまだ使えた。

後に川辺さんが廻って来て、「そろそろ出発するよ」とみんなに告げ、「全員の人数が二名減って十二名になった」と、付け加えた。年配の夫婦が川辺さんの荷物の上に置き手紙を残して消えたのだった。高齢なので団体と一緒に行動できかねます、と書かれていたのだ。ご夫婦はこの団体に迷惑をかけたくなかったのだと僕は思った。全員が無事に脱北に成功することを祈る、とも書かれていたとか。このお二人を文仙に残したまま、僕たちは進んで行くことになった。僕は、このお年寄り二人が北朝鮮で苦労のない生活が送れますように、と祈った。

文仙を出たのが夜八時だった。最初の山を越えて歩き続けて、二番目の山のふもとにやって来た。午前三時を回った頃、早めの朝食を摂るために行進をやめた。朝食と短い休憩の後、また歩き始めた。動物が通った跡や、猟師や登山家しか通らないような細い道や、畑の間を通り抜けたり、小川に沿って歩いたりした。やがて三番目の山の頂上で早めの昼食を摂ったのだが、午前十時を回っていた。そして三十分間ほどの昼食の後、山を下り始めた。僕たちは大変疲れていて、早く寝たかったのだ。夕日が沈み始めた頃、小さな村に着いた。十二名が横になれる場所を川辺さんが探しに出かけ、農家のような家の扉を叩いて、許可をもらった。

彼の洞察力は正しかった。敷地には農機具を入れる小屋があり、そこは十二人が横になっても眠れる十分な広さがあり、外の便所を使わせてもらえることになった。

家主は言った。

「日本人避難民に対して、多くの人が気の毒に思っています。私たちは多くのものを日本と日本人から学びました。日本は朝鮮に近代文化を紹介してくれたのです。日本がやり遂げた三つの大きなことは、ダムと鉄道と朝鮮半島全体に広い道路をつくってくれたことです。こんな形で日本人が朝鮮を出て行かなければならないことは本当に残念です」

僕は突然、兄ちゃんに起こされた。

「シュウ、起きろ！　みんなが出発の準備をしてるよ」

「ごめん。疲れちゃった！」と、僕は弱々しく言った。

「みんな疲れているけど、前に進んで行かなければダメなんだよ」と、ヨッちゃんが言った。

　僕は起きようとしたが、足が動かなかった。足を動かすことができなかったのだ。自分の足の足のような気がしなかった。一体、僕の足に何が起こったのだろう？　便所に行きたかったが、立ち上がることも無理だった。やっと這うことができた。僕は外の便所まで這って行かれたけれど……。そのとき、ヨッちゃんが、立ち上がるのを助けに来てくれて、やっとオシッコをすることができた。ヨッちゃんの

予期せぬ夜中の出発

肩につかまって硬直した足をどうにか前に動かすことができたけれど、歩くことはできなかった。

お母さんが農家の門の前で僕を待っていた。

「お母さん、僕の足はまるで松葉杖みたいで……動かすことができない」

「みんな行きましたよ。さあー、シュウ、歩きなさい」と、お母さんが言った。

最初の日、僕たちは夜の八時に出発して、朝の三時まで七時間歩いた。軽く朝食を食べた後、また七時間ぐらい歩いた。そして朝の十時を過ぎた頃、三番目の山の頂上で少し早目の昼食を食べて、少し休んだ。それからまた日没まで五時間歩き、睡眠なしで二日間合計で十九時間ほど歩いたのだ。

十二名の避難民の中で、僕が一番若かった。三十八度線に向けて歩き始めて二日目の

歩けなくなった二日目

朝、僕はもう動けなかったのだ。十歳の僕の足は疲れ切っていた。

「シュウ、頼むから足を動かして。お父さんが生まれた家に、シュウを連れて行かねばならないの」

「僕は朝鮮で生まれたんだから、京城が僕の故郷なの！　もう、歩けないし、ここにいたい。お母さん、もういいから、僕をここに残して行って！　僕、朝鮮人の子になる」

大きな涙の粒が僕の目から、ボロボロとこぼれた。

「でもシュウは日本人よ。だから日本に帰らないといけないの。日本は戦争に負けたんだから、シュウはこれ以上朝鮮に住むことは許されないの」

「お母さん、もう僕には、分からない」

お母さんは僕の手を強く引っ張り、僕の体はひっくりかえった。それからヨッちゃんが、僕が真っすぐに立ち上がるのを助けてくれて、後ろから前に押した。すると不思議なことが起こった。僕の足が動いたのだ！　足のしびれが突然消えた。僕の両足はまるで電気か精力をもらったように感じた。

「お母さん、僕の足は何か電気が入ったみたいで、しびれが消えちゃった。僕、歩けるよ」

「お父さんがシュウに電気を流してくれたのよ」

兄ちゃんが僕の様子を見に戻って来た。

「みんな、上でシュウを待ってるよ。急いで行こう」

保安官による検査

時折、村や町を通り抜けねばならなかった。途中で朝鮮人の保安官に出会わないことを祈っていたが避けることは不可能だった。保安官に見つかったときは、いつも地面の上で袋や箱を開けさせられた。最悪の場合は、女性だけ事務所の中に入るよう呼ばれて、扉が閉められた。川辺さんの奥さんとお母さんが、ある日、そのような試練を経験した。二人は保安官の事務所に一緒

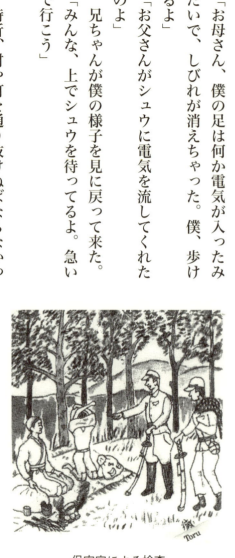

に入るように言われ、上着などを脱ぐよう催促された。上着の襟にはお金が縫い付けられていたので、襟は切ってはがされ、お金は全部保安官に没収された。

しかし、見つからないように水筒の中に隠しておいたお金は安全だ。その他のお金は、僕が持ち運ぶ葉っぱや雑草の束の中に隠してあるので、保安官に見つかることはなかった。

ある村を歩いていると、三人の朝鮮人の少年が僕に近づいて来た。

「こんにちは。お腹空いていない？　お腹空いているだろう。これをあげるよ」と、そのうちの一人が背中に隠していた物を僕の目の前に差し出した。

「これだよ」

「ぎゃ！」と、僕は叫んで、兄ちゃんの方に逃げた。その少年がぶら下げていた蛇を、兄ちゃんが杖で叩き落とした。蛇は死んでいたけれど、僕は生まれて初めて蛇を見たのだから、怖かった。

「蛇はうまい。食べるといいよ」と、その少年は叫んで、死んだ蛇をそこに置いたままま、他の二人と一緒に走り去った。それなら、なぜ少年たちは蛇を持ち帰って食べなかったのだろう？　少年たちはただ僕を驚かしたかっただけじゃないのか。しかし僕は一つ学んだ。蛇は食べると美味しくて、朝鮮人は蛇を食べるということを。もし僕が蛇の食べ方を知っていたら、その蛇を食料として大切にもらっておいただろうに。

小川のそばや丘や森の中など、僕たちは身を隠すことができる場所ならどこでも野宿した。もしも、どこかの家や納屋の中で眠ることができれば、それは非常に幸運なことだ。家主の親切さによって、悪天候や、野生動物からの脅威や、盗賊や北朝鮮の保安官によるすべての危害などから、僕たちは免れることができる。

あるとき、僕たちは年配の男性が所有する納屋に泊まることができた。そして、この男性が事前に危険を知らせてくれたお陰で難を免れることができた。実は僕たちが寝た後、一人の保安官がやって来て、この家主に、僕たち避難民を逃がさないように命令して、「朝、また戻って来る」と言い残して立ち去っていたのだ。

この優しい年配の男性は、何か怪しいと思ったらしく、川辺さんを起こした。それから十五分以内に、僕たちはその家から抜け出して、歩き始め、そして森の中に消えていた。

でも保安官が戻って来て、僕たちがいなくなったことに気付いたら、一体彼はどうなるのだろうか。きっと彼は、僕たちが抜け出したのに気付かなかった振りをするのではないかと想像した。


僕たちは、森を通り抜けて次の山に入った。山の頂上を通過して、坂を下り始めた頃、事故が起こった。お母さんが、二メートル近く高さのある土手から滑り落ちて、尾骨を強打したのだ。

「ううんっ！」と、お母さんはすごい痛みで、動くことができなくなった。

「大丈夫。僕たちが交代で奥さんを運びます」と、森茂さんが、亡くなった副区長の奥さんに対して丁重な言葉で言った。

「僕が最初におんぶして、次に岩田がおんぶします」

お母さんは過去数か月の間、体重が減っていて重くなかったけれど、もしも、この二人がいなかったら、お母さんはここでおしまいだった。僕は、この二人の上司であったお父さんに感謝した。お父さんは素晴らしい上司だったに違いないと思う。

森茂さんがお母さんをおぶって運んでいる間、岩田さんは自分の荷物と森茂さんの手荷物も一緒に運ばなければならなかった。僕は、森茂さんと岩田さんに感謝した。

川辺さんは事情を理解して、行進の速度を少しゆるめてくれた。お母さんは、みんなに「ごめんなさい」を繰り返していた。その晩、丘の上で早めの夕食を摂り、よく休んで、よく眠った。これはお母さんが十分休んで、早く回復できるようにとの川辺さんの思いやりだった。次の朝までに、お母さんはゆっくり歩くことができるまでに回復した。

万歳、お母さん！　僕たちは前に進んで行きます。

お母さんはいつもポケットに塩を入れていた。僕が疲れているとき、または喉が渇いたときに、お母さんは僕の手の平に塩を少し分けてくれた。僕はその塩を少しずつなめながら歩いた。塩は不思議なことに、僕によい効果をもたらした。もう一つお母さんが僕を励ましてくれたのは、学校で習う非常に有名な曲『箱根八里』だ。お母さんと僕は一緒にこの歌を歌いながら、南に向かって元気よく行進した。

十日目の午後、四十代の朝鮮人の男性が僕たちに静かに近寄って来た。彼は僕たちを待っていたように見えた。彼はこう言った。

「あなた方は三十八度線の国境に近いところにいます。国境を越える前に多くのことを知っておく必要があります。私が国境を越える手助けをする案内人になるのはどうですか。どうぞ私の家に来てください。そこで細かいことを説明しましょう」

僕たちは彼の家までついて行った。そこでキムチという朝鮮の漬物をお茶と一緒に出してくれて、みんなをもてなしてくれた。僕たちはこの案内人を信用することができるのだろうか。彼は誠実そうに見えた。川辺さんは、同意を求めるように全員の顔をじっと見回して、一息ついてから、この男性と一緒に三十八度線へ行くことに決めた。

朝鮮人の案内人として新しく選ばれたこの男性は、話し続けた。

「はい、それでは説明します。三十八度線に並行して川が流れています。川を渡るとき、持ち物は要りません。必要なのは体だけで、何も持っているべきではありません。軽ければ軽いほど良いです。一度川を渡るとすぐに南の朝鮮人とアメリカ軍によって救助してもらえます。あなた方は列車で釜山港に連れて行かれ、日本政府によって手配された日本の船に乗って、日本に帰ることができるでしょう。船賃は無料で、みなさんの故郷までの列車の運賃も日本政府が払います。お金の心配はありません。ですから、どうぞ、今持っているお金を全部ここに置いて行ってください。このお金は私がみなさんを三十八度線までお連れする案内料です．あなた方の持っている鍋、毛布、布団、カバンと、その他の品物全部を私に置いて行ってください」

僕たち十二名は、しばらくの間話し合った。そして出した結論は、彼の望み通り僕たちが持っているお金を全部この案内人にあげて、持っているすべての持ち物を彼の家に置いて行くことだった。僕たちは命をこの朝鮮人の男性に預けることにしたのだ。彼を心から信頼して、本当に誠実であるということを信じるしかなかった。僕ら全員の命のために支払ったお金は大きなお盆の上に積みあげられ、身の回り品はすべて部屋の床の上に置かれた。

「それからもう一つ、みなさんがここに置いて行かなければならない物は杖や棒です」と、彼は続けた。

「危険な場所が一か所あり、そこではみんな蟹のように横になって、両手を使いながら手に手を取って、一歩ずつ歩かなければならないのです。私が自分の右手でこの少年の左手を持ち、お母さんが自分の左手でお子さんの右手を持つという具合です。分かりましたか。この方法でおよそ四十メートル移動しなければならないのです」

「横に一歩ずつ歩くって……。何で？」と、川辺さんが尋ねた。

「壁のようなコンクリートの仕切りがあります。これだけをみなさんが知っていればよいのです。私たちが十分の注意を払えば、この危険な地点を通過することができます。それからすぐに、三十八度線の川に着きます」

僕たちは新しく雇った案内人の後について歩いた。この男性が多分北朝鮮で見る最後の男性になるだろうと思った。森を抜けて歩き、この案内人が説明した危険な場所にやって来た。案内人は僕を呼んで僕の左手を掴んで、それから僕にお母さんの左手を掴むように言った。お母さんの右手はヨッちゃんの左手を、ヨッちゃんの右手は兄ちゃんの左手を掴んだ。次は森茂さん、それから岩田さんという具合で、最後は右手に杖を持った川辺さんだった。

僕たちは並んで左に移動して、まもなくトンネルのようなところに入った。突然真っ暗になり、僕たちはその暗闇の中を歩いた。水の流れる音が聞こえた。小さな運河のようでもあり、下水のようにも聞こえた。朝鮮人の案内人は左に歩き、十二人の避難民を左に引率した。彼は、僕たちがどこを通り抜けるのかを言わなかった。それが不思議に思えた。僕たちはゆっくりと、大変注意深く、手に手を取り合って、蟹の列のように左に移動した。僕は怖くなって、心臓の音が早くなるのを感じた。僕たちは下には川が流れていて、高い壁の上を歩いているのか。もしも、壁の上から落ちれば死ぬかもしれない。

「助かった！」

僕たちは無事に、危険な場所を通り抜けたのだ。

「三十八度線の近くです」と、案内人がつぶやいた。

僕たちは二キロほど歩いて川岸に着き、三十八度線の国境で止まった。

「ここです、三十八度線。川をいつ渡るかは、あなた方が決めてください。ソ連兵に見つからないよう、幸運を祈ります！」と、案内人はささやいた。彼は川岸の前の茂みの中で休むために横になった。僕たちも同じように横たわった。

しばらくして、どこか遠いところで二匹の犬が吠えるのが聞こえ、その声の方向を見た。突然明かりがついた。そこはソ連軍の兵舎だった。彼らは僕たちを見つけたに違いない。すると同時に二台のトラックがソ連の軍用基地内に入って行った。基地までの距離は二百メートルほど。僕たちは死人のように静かにしていた。

誰かが案内人の姿が見えないと言った。彼は既に立ち去っていて、その姿はどこにもなかった。彼は自身の仕事をやり遂げたので、さよならも言わないで姿を消したのだった。彼は面倒な状況に巻き込まれたり、僕たちと一緒に撃ち殺されたくなかったのだろう。

17　三十八度線

深夜二時頃だったと思う。川辺さんがとても低く太い声で言った。

「準備してください。これから土手を越えて川を渡ります。さっき川の周りを調べてみたところ、細い木の板が十枚ほど川の上に架かっていました。古い細い木の橋を思い浮かべてみてください。その板の上を一人ずつ歩いて、向こう岸まで渡らなければなりません。この橋になっている板は、とても壊れやすいはず。でも、もし川に落ちても怖がらなくて大丈夫です。水の流れは穏やかで、歩いて川を横断することもできそうです。川の向こうには、夢に見た自由があるのです。準備はいいですか。いいですね！　それでは行きましょう」

土手を這い上がって、僕たちは川辺さん夫妻の後に続いて、川岸に降りた。川辺さんは僕が最初に木の板に乗るように指示した。次がお母さん、ヨッちゃん、それから兄ちゃんと続いた。川辺さんが最後に板の上に乗った。木の板は上下に少し揺れたが、次の板に乗り移ることができた。それぞれの板は、数個の大きな杭で支えられていた。僕たちは板の上を問題なく歩き、誰も川に落ちなかった。この一列の板の橋は朝鮮半島が分断されるずっと前につくられていたと思う。この川が、たまたま三十八度線上を流れていたのだ。僕はこの縦に一列の板の橋をつくった人たちに感謝したい。なぜなら、この橋のお陰で、日本人避難民は北朝鮮から南朝鮮へ濡れずに歩いて渡ることができるからだ。

全員が川を渡りきった後、土手を駆け上がり、野原や田んぼを横切って、しばらく走ったが、もう虫の息で、休まなければならなかった。みんなが申し合わせたように、地面に倒れて、這いつくばっていた。この土は南朝鮮の土に違いない。ついに南朝鮮の土の上にいるのだ。僕たち避難民の幾人かは、地面に何回も口付けした。そして、僕も、同じことを繰り返した。

やがて太陽が顔を出し始めた。

「見て！　太陽が昇って来た」と、僕は叫んだ。これが自由な世界での最初の日の始まりだった。一九四六年五月十一日、僕たちが住んでいた北朝鮮の家を放棄してから、九か月後のことだった。

僕たちは南に向かって歩き始めたが、僕は足に疲れを感じなかった。大股で歩いた。僕するとと、二人の朝鮮人の農民が僕たちに近づいて来て言った。

「南朝鮮へ、ようこそ!」

「ここは南朝鮮で、間違いないですか」

「もちろんですよ」

「万歳!」と、みんなが口を揃えて言った。

「こちらの道を行きなさい。そうするとアメリカの海兵隊の基地に着きます。そこでみなさんは、救助されます。ここから基地までおよそ二キロです」

自由への夜明け

「どうもありがとう！」
僕たちは農民に感謝して、何度も何度も頭を下げた。

僕たちが長い間夢見て来た自由の何らかに触れたくて、もう待てなかった。二キロの距離が非常に遠く感じられた。僕たちは力強く、速い速度で歩き、やがてアメリカ海兵隊基地の正門の前に立っていた。アメリカの国旗が建物の天辺に掲げられていた。門前には、背の高い白人の兵士が鉄砲を片手に直立していた。僕たちが前に進んで彼に近づくと、彼は敬礼をした。風貌から僕たちは物乞いか浮浪者にしか見えない。日本人避難民に、アメリカの兵士が敬礼するとは、どのようなことなのかを僕は考えさせられた。このような待遇を一度でも北朝鮮でソ連軍兵士から受けたことがあっただろうか。まったくない。ここで僕たちは尊敬される人間として扱われたのだ。これが民主主義の世界に違いないと僕は思った。

その兵士は笑顔で僕たちに、門の中に入るよう手招きした。次に会った若い黒人女性の兵士は、僕たちをある部屋に案内してくれた。そこで僕たちは全員ＤＤＴと呼ばれる白い粉を頭から足のつま先まで振りかけられて、呪われたシラミは全部ここで殺された。それからシャワー室に入り、必要とする者には新しい下着と洋服と靴が与えられた。身体検査も受けた。日本人の医者だった。彼は言った。

「私はここで家族を待っています。朝鮮半島が三十八度線で南北に分断されたとき、私はたまたま南朝鮮にいました。私の家族は北朝鮮にいますので、家族がここに到着するまで、私はここで家族を待ちます」

僕は心の底から、彼の家族の安全を祈った。

身体検査を終えると、避難民専用の大部屋に案内された。そこは元映画館で、座席は取り除かれていたが、大きな白い幕が部屋の奥に残っていた。部屋の真ん中に囲炉裏のようなものが設けられていて、その火の中で焼かれたサツマイモを僕たちはほおばった。

「お父さんとここで一緒にお芋を食べることができたら……」と、言ってお母さんが泣いた。お父さんの死が告げられて以来のお母さんの涙だった。僕はまた、亡くなった弥寿子おばさんのことを考えていた。

　生まれて初めてホットドッグとサラダの夕食を食べた後で、また夜食に焼きイモをもらった。寝る前に、折り畳み式寝台に枕も毛布も貸し与えられて、特別客のような待遇を受けた。

　翌朝、僕たちは、この文山海兵隊基地から五十キロ離れた京城駅にトラックで送られた。途中アメリカの兵士たちが軍用トラックで移動するのを僕は見た。軍用トラックとすれ違うたびに、アメリカ兵たちは、僕たちが日本人の避難民であることが分かるらしく、僕たちに手を振ってくれた。

　僕たちは、京城の駅に着いた。これから、日本行の船が出る釜山港まで行く列車に無料で乗ることになる。北朝鮮の土の中に、お父さんをはじめ、伊東のおじさん、弥寿子おばさん、中島さん、畑さん、それから数多くの亡くなられた日本人を残して去る。僕はその人たちみんなが、安らかに眠れますようにと、お祈りすることしかできなかった。

お父さんのお墓参りに、北朝鮮まで行きたくないかって？

「いいえ！」

北朝鮮が民主主義国家になるまでは、僕は北朝鮮には戻りたくない。帝国主義のもとで、日本国民は天皇陛下には絶対服従で、死あるのみだった。天皇陛下がアメリカに降参したとき、北朝鮮に住んでいた日本国民は、天皇陛下にも日本政府にも保護されなかった。共産主義のもとで日本国民は北朝鮮に保護されることもなく、多くの人が死んでいった。

民主主義のもと、南朝鮮のすべての日本人は、自由を与えられ、日本に帰国することができた。北朝鮮に暮らしていて、帝国主義と共産主義に絶望した後、僕はアメリカ式民主主義のもと、南朝鮮で自由が与えられた。僕は北朝鮮から南朝鮮に逃れて、初めて、新しい光を見ることができたのだ。


ありがとう！

私たち家族四名は北朝鮮から南朝鮮に脱出した後、両親の出生地・静岡県に引き揚げました。

本書の主人公・僕（シュウ・四男）としての私は、静岡県立清水東高校を卒業した後、早稲田大学教育学部社会科で新聞学を専攻し、それから、カリフォルニア州立サンディエゴ大学でスピーチアーツを専攻して、両校とも卒業しました。二つの大学を卒業した理由は、幼少の頃から、父に「大学は絶対に卒業しなさい」と言われていたからで、彼の忠告に忠実に従っただけのことなのです。父は、明治時代に、母子家庭の農家に育ち、六番目の末っ子で、小学校を卒業すると同時に鉄道省に雇用され、蒸気機関車のかま焚きの仕事から彼のキャリアが始まったのです。日本と朝鮮の鉄道で、出世への階段を昇るのに、彼の「教育のなさ」は極めて不利だったため、父の口癖は

「大学は絶対に卒業しなさい」だったのです。

私はサンディエゴ大学に通いながら、アメリカン航空で働き始め、サンフランシスコ空港勤務を経て、ダラスでの本社勤務となり、合計二十八年間勤務してから引退しましたが、最後の五年間は、アメリカン航空の系列企業SABREトラベルネットワークの日本進出のために尽すことができました。

※三男アッちゃんは次男ヨッちゃんの双子の兄弟で、四男シュウが生まれる前に死亡。

ヨッちゃん（ヨシヒト・次男）は、ある自動車メーカーで働きながら、東京経済大学を卒業したのですが、その会社は夜間の大学卒業証明書を「大卒」として認めてくれなかったので退社し、愛知県豊橋市の海産物を扱う会社に入社して七十歳まで働き、専務として退職しました。彼の一人息子は慶応大学を卒業して、祖父・清水武の願いを叶えています。

兄ちゃん（トオル・長男）は、高校を卒業すると同時に、一家の長として家族を支えるために、豊橋市の「東三新聞（現・東日新聞）」に入社、働きながら通信制の大学を修了。やがて編集長となり、その後は、文部科学大臣（？）の第一秘書、東三河開発懇話会常任理事、東三河地域研究センター専務理事などを務めました。彼の一人息子と、またその一人息子も、兄ちゃんの子供の時からの夢である「東京大学」を卒業して、兄ちゃんの夢を叶えています。

お母さん（すずこ・三兄弟の母）は、俳句文学社より清水鈴子句集『緋ぐるま』を出版、二〇〇一年に他界しました。

ここでもう一人、日本人学校の三屋先生の父親（31頁参照）について。彼は一九四五年の敗戦直後に朝鮮人によって拉致されたまま、一九六〇年になっても、まだ行方不明であることが、私がアメリカに留学する直前に判明しました。引き揚げ者団体を通して三屋先生の所在を入手し、彼女に十五年ぶりに再会することができたのでした。

三屋先生と先生の母親と妹の三人は、拉致された父親の朝鮮人部下たちの計らいで、彼女たちのために漁船が調達されて、吉州に近い海岸から南朝鮮に脱出することができたそうです。彼女は自分の父親が朝鮮人の暴徒によって殺害されたのではないか、と話してくれました。

最後に、アメリカン航空本社での私の上司であったメアリージェーン・テムド氏とジョイ・マンガヴァン氏の二人から、この英文書を出版するに当たり、助言と激励の言葉をいただいた上、原稿の校正まで引き受けてくださいました。また私の友人であり、パソコンの専門家でもある村井百合江氏は校正の終わった原稿をパソコンで仕上げる際に、何時間も惜しみなく私を助けてくださいました。以上の三人の女性の方々のご尽力なしでは、この書の出版の可能性はゼロだったのです。

著者

本書は二〇二二年にアメリカで英文書として出版したものを、日本語訳にして刊行したものです。日本語版出版にあたり、人名の一部を仮名にしてあります。

著者プロフィール

清水 修（しみず シュウ）

1936年　朝鮮半島南部京城（現・Seoul）に生まれる。
1945年　朝鮮半島北部吉州にて終戦、避難民となる。
1946年　国境38度線を南へ脱出、米国軍に救済され、静岡県に引き揚げる。豊橋時習館高校入学、清水東高校卒業後、早稲田大学、San Diego State College（現・University）の両大学を卒業。アメリカン 航空に入社、28年間勤続、引退。40年間の滞米生活を終え帰国、名古屋市にて英語教室を開設。
2022年に英文書“A JAPANESE BOY SEES A NEW LIGHT Escaping from NORTH KOREA”を出版。

石原淳子（いしはら　きよこ）／訳

広島県出身、津田塾大学英文科卒業。
大手保険会社会長室勤務、ノースウエスト航空客室乗務員、海外航空サービス社（ロサンゼルス）副社長に就任し住宅産業並びに教育産業を始め多種産業視察コーディネーター兼通訳者としても活動。後に、日本数学教育学会選任コーディネーター兼通訳者として日本数学教育の国際化に貢献。日本チェコ友好協会会員、チェコ訪問一期生。現在はグローバル教育者専門分野通訳（フリーランサー）。東京都在住。

挿絵：清水 Toru・Shu 兄弟

日本人少年の見た新しい光　北朝鮮からの脱出

2025年 3 月15日　初版第 1 刷発行

著　者　清水 修
発行者　瓜谷 綱延
発行所　株式会社文芸社
〒160-0022　東京都新宿区新宿1－10－1
電話　03-5369-3060（代表）
03-5369-2299（販売）

印刷所　株式会社フクイン

ISBN978-4-286-26183-6